男女之間存在純友情嗎？
不，不存在！
七菜なな
插畫／Parum
Flag 7.
不過，
既然是戀人，
我就是
你的第一吧？
Kadokawa
Fantastic Novels

contents

在榎本家的蛋糕店裡
「真傳就是成為我們家的女婿喔♪」
榎本雅子
Masako Enomoto
經營蛋糕店的凜音媽媽。相當讚賞悠宇的才華。

「……日葵同學？請問妳在做什麼？」

男女之間存在純友情嗎？
不，不存在！
七菜なな
插畫／Parum
Flag 7.
不過，
既然是戀人，
我就是
你的第一吧？
Kadokawa Fantastic Novels

但我忍了下來。

「…………」

並呼出一口氣。

然後……

拉下眼瞼吐出舌頭，對她做出嘲諷的鬼臉。

榎榎頓時僵住。

「……啊？」

看來她並沒有預料到這樣的反應。

我放聲大笑。

「噗哈哈～！好啊，想要就給妳。不如說，妳自己拿去就好啦。沒必要經過我同意吧？」

榎榎露出了困惑的神情。

光是看到她這副模樣我就心滿意足了。

我伸手指著榎榎對她斷言：

「但榎榎應該沒辦法成為命運共同體吧？」

「為什麼？」

榎榎生著悶氣反問。

我便一臉得意洋洋地說：

「妳現在其實還是喜歡悠宇吧？」

「…………」

榎榎的表情看起來……至少沒有明顯的動搖。

「……並沒有。」

她這麼說著，把頭轉向另一側。

……算了。

比起那種事情，我對她豎起食指。

「既然妳這麼想成為悠宇的助力，那我就給妳一項考驗。」

「考驗？」

我不懷好意地笑了。

「既然榎榎要自稱命運共同體，就在明天的校慶上展現妳的能力。我不會插手干涉，想怎麼策畫都隨妳高興。」

「……判斷的基準呢？」

「就讓悠宇決定吧。我的販售會跟榎榎的販售會。看『you』今後的活動想朝著哪個方向走下去。畢竟這項考驗是要決定出跟悠宇一起販售飾品的夥伴，所以也是理所當然的吧？」

「…………」

榎榎一臉狐疑地說：

「小葵。妳是不是有什麼奇怪的企圖？」

我開啟「魔性之女」模式，露出親切的微笑。

「討厭啦～我沒有什麼企圖啊。畢竟這件事也跟悠宇有關，我只是想做個了斷而已♪」

「…………」

榎榎淺嘆了一口氣。

「那就這麼說定了。」

……然後就走掉了。

被留下來的我依然佇立在原地。

確定身邊都沒有其他人影之後，我輕輕抖了抖肩膀，接著雙手扠腰，非常沒有禮貌地放聲大笑。

「噗哈哈～我果然特別受到神的寵愛！現在就證明了這一點！」

我贏了。

我暗自竊喜。真沒想到挽回局面的機會竟像這樣降臨啊～

問我是不是有什麼企圖？

當然有所企圖啊。我可是天生的壞女人！說到操縱他人堪稱天下第一。對上榎榎這樣天然又純真的女孩，我怎麼可能會輸。

而且為了累積悠宇的經驗值，本來就決定好明天的校慶要繼續辦販售會了。不能盡情地玩確實很傷，但也產生了更大的利用價值。

榎榎的販售技巧確實很高超。畢竟她一直都在自己家的蛋糕店幫忙。跟我相比，說不定能擺設出更符合悠宇喜好的販售會風格。

（……但事情有這麼簡單嗎？）

確實就命運共同體來說，榎榎或許比較優秀。

但人並不是只靠道理就能活下去。

榎榎一點也不了解這件事。

就算跟我一決勝負……無論成敗，命運都會傾向我這邊。

「噗呵、噗呵呵呵……」

悠宇只要專注於飾品，或許是會看不到其他東西。但就連這樣的悠宇也會被戀愛擾亂心神，這點在夏天那件事當中就得到證實了。

就算榎榎是認真想得到命運共同體的地位，最後終究還是會回到我這邊。真是可惜呢。

好好享受只有現在這一小段的平穩日子吧。

「不過，既然是戀人，我就是你的第一吧？」

何況我對「you」來說是不可或缺的存在。

怎麼可能會在這種時候把女主角的寶座讓出來嘛！

I

「抵抗」

♣ ♣ ♣

校慶第二天。

當天早上……我身陷前所未見的危機之中。

當我醒來時，榎本同學不知為何出現在我房間裡。

而且不知為何，她靠到躺在床上的我耳邊細語：

「小悠。早、安。」

「…………」

咦，這是什麼情況？

實在太摸不著頭緒，害我頓時決定裝睡到底。

來整理一下現況吧。
校慶的第一天在昨天結束了。
然後我為了第二天而設計新的販售計畫。
雖然對日葵很過意不去，但我很想試試看自己構思的計畫。
昨天晚上做完各項準備之後，就在家裡睡覺……
……到了早上清醒時，就是榎本同學出現在房裡，對著我溫柔地呢喃道早安的狀態。

不，我真的搞不清楚狀況。

想要釐清現況卻招致了更大的混亂。
榎本同學昨天有一如往常地回家了吧？這點我可以斷言並發誓，絕對沒有發生在我家留宿的那種事。
難道我還在作夢？
不，夢到同學跑來自己的房間把我叫醒是怎樣？究竟是怎樣的深層心理才會讓我作這種夢？
就連占卜雜誌應該也不會刊登這種例子吧。
應該說，現在要怎麼處理這個狀況啊……

因為剛才裝睡的關係，總覺得很難直接起床。我明明就沒有錯，但罪惡感超重的。

就在我猶疑不決的時候，榎本同學戳了戳我的臉頰。

「睡臉好可愛……」

夠了喔——！

在自己睡覺的時候聽人這樣說，實在害羞到不行。而且真的變得很難起床耶……

加、加油。要在榎本同學的黑歷史繼續增加之前，裝作若無其事地起床。

說到做到。我這就要起床嘍，預備——！

「小悠。你要是繼續裝睡，我就要給你早安吻嘍。」

「哇啊——！」

聽她甜言蜜語般呢喃道出這麼驚人的話語，讓我頓時跳了起來。

猛然抬起臉的瞬間，榎本同學便一臉得意地說：

「小悠，早安。」

「早、早安……」

發現完全被她玩弄於股掌間，我不禁嘆了口氣。

「……別做這種像是日葵會做的事。」

「我想說小悠喜歡這樣。」

「這可是有著重大的誤會呢……」

得儘快解開她的誤會……雖然我總覺得已經太遲了。

「是說妳為什麼會在這裡？」

「欸嘿！」

「我可不會因為笑得很可愛就讓妳蒙混過去喔。這裡是我家吧？」

「是咲良姊讓我進來的啊。」

「可以接受這個說法的感覺真討厭……但妳也太早了吧？怎麼了嗎？」

「我平常都是這個時間起床。」

「蛋糕店養成的習慣真了不起……！」

啊！

不行，我不能被她牽著鼻子走！

「不是啦，妳為什麼會進來我房間？」

「因為今天不能睡過頭，昨天不就約好要叫你起床了。」

是沒錯。

「呃，打電話就……」

「這樣比較確實啊。」

榎本同學一臉得意地從口袋裡拿出一副平光眼鏡。戴上之後還得意洋洋地哼了一聲。

「我有件事要告訴小悠。」

「咦，什麼事？」

「我決定重返『you』的團隊。」

「咦……」

榎本同學應該沒有參與這次的飾品販售。

她只是因為真木島奇怪的命令才協助這次的校慶……照理來說是這樣。

「從今以後，我就是小悠的經紀人兼命運共同體了。」

「為、為什麼會得出這樣的結論……？那日葵呢……？」

「等校慶結束之後我會詳細說明。總之今天就專心販售飾品吧。」

「啊，是……」

面對讓人無從反駁的壓迫感，我不禁給出含糊的回答。

一邊推著平光眼鏡，榎本同學露出得意的表情。

「我可不像小葵那麼溫柔。會很嚴厲喔。」

「還、還請手下留情……？」

「來，總之我幫你準備好早上要換的衣服了。早餐也已經做好放在客廳了，去梳洗一下就過來吧。」

「哪裡嚴厲……」

是全自動的嗎？

不如說比平常還更舒適……正當我這麼想的時候，榎本同學拍了拍床鋪催促我。真可愛。

「小悠，快點。」

「好啦。謝謝妳幫我準備衣服。」

我一鼓作氣將當成睡衣的上衣脫掉。

然後換上她替我準備好的衣服……咦？

總覺得榎本同學的臉都紅了起來。

啊……我這時才察覺自己犯下的失誤。

被她用像日葵一樣的方式叫醒讓我一時疏忽，但此時在這裡的人是榎本同學。應該說，她一直盯著看耶。雖然用雙手摀住臉，但還是從手指的縫隙間偷看。

有夠難為情！

「榎本同學！我要換衣服，可以的話請您出去好嗎！」

我忍不住對她用上敬語。

榎本同學回過神之後，快步離開房間。

「我、我去把早餐重新熱一熱！」

聽著她衝下樓梯的腳步聲……啊，跌倒了。沒、沒事吧……？

總之我急忙換好衣服，這才喘了口氣，並點開手機上ＬＩＮＥ的聊天群組確認了一下。

沒有未讀訊息。

（日葵從昨天到現在都沒有回覆……）

……昨天是校慶第一天。

日葵主導策畫的飾品販售會在大成功下落幕。

但我卻因為自己無法滿足，忍不住說了像在潑冷水的話。於是昨天就趁著校慶的勢頭，一口氣做完第二天的準備……不過冷靜想想，這樣作為人家的男朋友也太失職了。

（日葵是不是在生氣呢……）

……不，今天還是先專注於眼前的販售會吧。既然日葵都讓出了這個機會，校慶第二天的販售會也得辦得很成功才行。

跟日葵共處的時間，等校慶結束之後我一定會好好補償一下！

♣ ♣ ♣

白飯跟味噌湯。

還有培根煎蛋跟沙拉杯。

完全是經典的早餐。若要論及日本的早餐，恐怕全國一半左右的人都會想到這樣的菜色吧。

我隨便亂猜的就是了。

坐在對面的榎本同學在一樣的早餐前雙手合十。

「我開動了。」

「咦？難道妳在等我一起吃早餐嗎？」

「不是喔。我在家裡吃過了。」

「咦？」

「咦？」

總覺得這段對話有點答非所問……算了，應該只是錯覺吧。

我也得趕快吃飽去學校才行。

這時玄關那邊傳來開門的聲音。是值完大夜班的咲姊回來了嗎？不對，跟那明顯不同的輕快腳步聲漸漸走了過來。

「悠宇～！今天可不能睡過頭，所以我這個可愛的女朋友來接……咦？」

進來的人是日葵。

但原本精神飽滿地踏入客廳的日葵，表情在一瞬間僵住了。然後不知為何當場咳血。

「咕嘩——————！」

「日葵同學！」

我衝過去把自己擅自陷入瀕死狀態的日葵給抱起來。

「日葵！妳怎麼了！」

「悠、悠宇……」

日葵用放在桌上的番茄醬在地板寫下「犯人是胸部」這樣的死亡訊息……喂，不要拿食物來玩好嗎？等一下給我擦乾淨。

日葵用完美的動作在餐桌就坐之後，氣噗噗地說：

「可惡耶，悠宇！為什麼要跟榎榎玩恩恩愛愛的新婚家家酒啦！」

「恩恩愛愛的新婚家家酒……」

「榎榎也很過分！摯友才不會這樣吧！」

榎本同學以一臉若無其事的樣子盛了一碗味噌湯。

「小葵，妳要吃早餐嗎？」

「啊，嗯。我要吃～♪」

瞬間差點被攏絡的日葵大聲吼道：

「不是這樣啦——！」

「小葵，妳夠了。至少吃飯的時候安靜點嘛……」

一大早的情緒還真高昂啊～……

還以為她會因為我昨天的任性而受傷，沒想到還是一副若無其事的樣子，反而讓我有點無所適從。

日葵一臉不滿地大口大口將培根煎蛋塞進嘴裡。看起來就跟《霍爾的移動城堡》的卡西法一樣……

「悠宇！你的表情也太色瞇瞇了！」

「並沒有好嗎……」

這時榎本同學一邊盛第二碗飯，一邊沾沾自喜地笑了笑。

「我只是來叫他起床，一起吃個早餐而已啊。小葵，虧妳昨天還說了『那種話』，怎麼一點都不從容啊？」

「……！」

她指的是什麼？

在我不知道的時候究竟發生了什麼事……雖然感到費解，我還是就此沉默地吃著早餐。

「…………」

該怎麼說呢？

這種表面上風平浪靜，但在檯面下發生了某件事情的感覺，就像在冷戰一樣。實在尷尬到不行。

……但搞不懂真相的我，只是默默喝著味噌湯。

♣
♣
♣

吃完早餐之後，我們三個人一起上學。

雙手不知為何分別被兩個女生挽住，呈現戀愛喜劇的那種狀態……

「榎榎！那也不是摯友會做的事！」

「小葵，妳自己之前也這樣做過。」

「對啦，是沒錯！但現在不行！他有我這個女朋友了耶！」

「交了女朋友，他就不能跟其他女生講話了嗎？不能有所接觸嗎？這代表妳不相信自己的男朋友吧？小葵，這就叫作病嬌喔。」

「咕啊——！竟然這麼精準地揭開人家黑歷史的瘡疤——！」

不，我的黑歷史也正在精彩地累積中喔。

天啊，其他學生們投來的視線好傷人。不如說因為她們都很可愛，反而格外引人注目。

……我現在也只能靠自己想辦法了。而且如果我不設法解決現況，恐怕就會被笹木老師叫過去。

我露出爽朗的帥哥笑容（個人相比）對著她們說：

「妳們不用這樣相爭，我也不會逃走啊（露出閃亮亮牙齒）。」

兩人先是盯著我的臉看了一下……

「榎榎！我覺得這也必須定個原則規範一下——！」

「小葵，昨天是妳自己說要就拿去的吧。不是很有女人的志氣嗎（笑）？」

「我又不是那個意思——！」

竟然無視我。

這對我來說反而傷得更重耶。

而且現在已經吵到跟我無關了吧？我看她們只是拿我當話題的愛吵架情侶吧？

我嘆了一口氣，對榎本同學說：

「榎本同學。」

「什麼事？」

「現在的我在跟日葵交往，所以希望妳別這樣。」

「……唔！」

榎本同學皺起臉來，說著「既然小悠都這樣講了……」並鬆開了手。

太好了。要是放任這個情況不管，也很對不起日葵。

我一回過頭……不知為何日葵一副小鹿亂撞的感覺紅著臉頰。

「最替我著想的悠宇……好喜歡♡」

我的女朋友也太好哄……

不，我確實是在替日葵著想啦。儘管我也有著「我為什麼要產生罪惡感啊……」這樣的念頭，但總之還是朝著販售會場走去。

一到昨天那間空教室，只見城山已經在裡面等我們了。

不愧是認真想成為「you」的弟子，行動都很循規蹈矩。這點真的值得學習。

但她到現在還沒發現我就是「you」實在很令人擔心耶……正當我這樣煩惱的時候，城山就跑來抱住日葵。

「『you』大人！早安！」

「芽依，早安安啊～！」

嗯──兩個美少女抱在一起果然美如畫。

百合花之前都用在日葵跟榎本同學身上了，她應該是鈴蘭吧。同樣有著「純潔」的花語，在歐洲也被稱作「聖母瑪利亞的花」。

……不，現在沒時間鑑賞美少女了。

「城山。我昨天在ＬＩＮＥ跟妳說的東西，妳有拿來嗎？」

「啊，有喔！」

城山精神飽滿地回應之後，就從登機箱裡拿出質料厚實的黑布。像這樣十分大塊的黑布共有四塊。

「這種的可以嗎？」

我摸了一下那厚實的質地，並從背面確認透光程度……好，這樣感覺沒問題。有拜託城山準備真是太好了。

「……嗯。感覺不錯。只要有這些，然後再跟笹木老師借個遮光窗簾……」

這時，我察覺到日葵的視線。

不行，我差點又把她晾在一旁，一心投入飾品的世界中了……

「日葵，真的很抱歉。之前明明說好今天要陪妳的……」

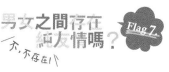

總覺得現在說這些也太遲了，但我還是該好好向她道歉。

然而日葵……

她撩起瀏海，帥氣地宣示：

「別這麼說～沒關係的。因為我是很能體諒悠宇的女朋友啊♪」

「強調正妻的壓迫感好強……」

這確實是讓我很高興啦。

但也覺得完全是會變成小白臉的發展，讓我有些難為情……

日葵心情很好地牽起城山的手。

「那芽依就跟我一起去享受今天的校慶吧～♪」

「好的！」

這麼說著的兩人就一起嘻嘻鬧鬧地離開販售會場了。

目送她們出去之後，我先是「呼」一地喘了口氣。

接著跟留下來的榎本同學一起做最後的確認。

「榎本同學。『那邊』的準備都做好了嗎？」

「沒問題。我趁昨天取得了同意，設置也很簡單。」

「我是不是也要去確認一下比較好啊……」

這時，榎本同學的手掌不知為何直接伸到我眼前。

然後她以比我想像中還更銳利的語氣拒絕。

「拜託你別這樣。」

「但我也去打聲招呼不是比較好嗎？而且我也很在意『那邊的狀況』……」

「真的不要。」

「但、但是……」

「一定會被人瞎起鬨，所以不要來。」

「……好吧。」

「很好。」

總覺得是在她驚人的氣魄下折服了……

但事到如今也不用替榎本同學擔心吧。何況「那邊」是榎本同學的地盤，要是我做了奇怪的舉動，恐怕會讓她感到困擾。

「總之，今天就由我跟榎本同學共同進行策畫。雖然會分頭行動，但是『那邊』就麻煩妳了。」

「嗯。小悠就專注於自己的工作吧。」

「好。謝謝妳。」

我將這次飾品販售會的記帳本跟保管庫存的紙箱拿出來。

接著就跟榎本同學一起確認剩下的飾品。

「昨天沒賣完的單獨販售飾品有二十個。」

「也有被人拿走的……」

「那就等校慶結束之後再慢慢計算吧……然後曇花綜合套組還剩下四組。」

我們將四個一組的綜合套組拆開販售。

……難免有種耍小手段的感覺，但最重要的在於一個以五百圓販售的事實。

「這樣就有四個曇花飾品。其他飾品則有三十二個。」

「那我就拿走這邊的二十五個喔。」

「好。交給妳了。」

我將除了曇花以外的二十五個飾品交付給榎本同學。

並向那些飾品們做最後的道別。

「嗚嗚……你們可要被好人買走喔……」

「小悠。飾品都還沒賣出去就在哭嗎……？」

「啊，不是。我不是不相信榎本同學啦。但無論如何，在我沒有親眼看到的地方販售，還是會覺得緊張……」

當我很沒出息地這麼坦言之後，榎本同學面帶微笑地說：

「別擔心。這些都是小悠傾注熱情製作的飾品。我會努力讓好人買走喔。」

「嗯。謝謝妳。」

……也是呢。

我對她說了很失禮的話。既然是榎本同學就能放心交付出去了。

「畢竟是以榎本同學為主題製作的飾品啊。當然希望受人喜愛，並長久愛護下去呢。」

「…………」

「榎本同學？」

我隨即受到一記手刀的制裁。

「咕嘩……！」

「禁止說這種毫無自覺的花言巧語。」

「我又沒有那個意思！」

「既然要由我管理，往後只要說一句花言巧語就要制裁一次。即使在日常生活中也不可以掉以輕心。」

「這是什麼死亡遊戲啊……」

跟剛才感到安心的落差大到好像都要感冒了……

這時鐘聲響起。接下來就跟昨天一樣，先開完班會之後校外的來賓就會進場。

我跟榎本同學一起抱著飾品離開販售會場。

「好。一起加油吧。」

「喔～！」

就這樣，我們的第二天校慶揭開序幕。

◇◇◇

校慶第二天。

我站在操場攤位區的某個帳篷前。

「你為什麼會在這裡啊……」

攤位上，頭上綁著毛巾的真木島同學正放聲大笑。

「啊哈哈。這聲招呼還真有禮貌啊。因為有那樣的哥哥，妹妹也是這副德性呢。」

這麼說著的他，還順便動作俐落地翻動了烤網上的法蘭克香腸。肉捲飯糰也在一旁烤得滋滋作響。

「你才跟他是同一副德性吧。而且你們這攤不是賣炒麵的嗎？不要在我想吃法蘭克香腸的時

候跑進我的視線當中好嗎？」

「如果攤位兩天都賣一樣的東西，業績可不會成長。我們要在菜單上加些變化，讓第一天的客人願意再回來買。」

「你在奇怪的地方腦筋真的動得特別快耶～……」

嗯——怎麼辦……

我絕對不想吃這傢伙烤的法蘭克香腸，但都已經答應芽依也會幫她買一份了～

在我感到洩氣的時候，真木島挑起一邊的眉毛說道：

「哎呀？真要這麼說，你們也一樣吧？」

「啊？」

「你們也試著在第二天的飾品販售會上加點變化，藉此吸引新的客人吧？第一天好像因為那個完美超人的手段而賣翻天的樣子，但既然主打的曇花飾品沒有賣完，也就暴露出你們的失策了。反正妳就眼睜睜看著小凜拿出厲害的表現……」

「…………」

真木島感覺挑釁很開心的樣子。

對此，我露出笑容作為回應。接著就轉身對著來來往往的客人們招手。

「各位聽好了～！這個攤位的東西吃了會肚子痛……姆嘎啊！」

於是他連忙從背後摀住我的嘴！

「閉嘴！就算被我說到痛處，報復也是有分可以的手段跟不好的手段吧！」

「姆嘎姆嘎～！」

真木島大嘆一口氣才放開我。

「……真是的。妳也太玻璃心了吧？妳國中的時候是個更天不怕地不怕的女人吧？」

「煩死了啦～倒是你，什麼時候才要放下對紅葉姊的初戀情感啊，真是有夠蠢耶～就算在這種校慶上打破哥哥的紀錄，紅葉姊也不會因此看上你吧？」

「…………」

哎呀？

真木島同學露出難以言喻的表情注視著我。雖然沉默了一陣子，他最後還是別具深意地露出微笑。

打開透明的餐盒，他將烤網上的法蘭克香腸跟肉捲飯糰放在一起。

「暑假的時候，小凜也對我說了一樣的話。」

「咦？」

他將餐盒放進塑膠袋裡，並朝我遞了過來。

這舉動害我不禁自然地收下。

「反正你們也很快就會懂了。」
「啊？」
「那些是請妳吃的。希望可憐的敗犬女主角至少胃能得到幸福。」
「不要把人講得像是貪吃鬼一樣——！」
真木島同學對我做出像在趕狗一樣的動作之後，就回到帳篷裡了。
總之我先離開了攤位，等著跟芽依會合。
「……那傢伙是不是誤以為只要說得好像很懂，就會看起來很厲害啊？」
我懷著複雜的心情低頭看向手中的餐盒。
這是在地人都推薦的B級美食，肉捲飯糰。
用豬五花將飯糰包起來，一邊用炭火燒烤一邊抹上醬汁的一道料理。光是賣相就很刺激食慾的狂野美食。
算了，飯糰是無辜的嘛～……
就在我咬下一口的時候，芽依從另一邊回來了。
「『you』大人～！」
「啊，芽依。妳有買到什麼嗎～？」
我回頭一看，不禁愣住了。

她雙手拿著應該是在攤位區買的薯條、烤魷魚、巧克力香蕉等等……滿滿的食物。

「真會吃啊～」

「身為『you』大人的頭號弟子，就是要吃飽飽，然後盡情吸收！」

「很～好。那就趁著這股氣勢，連展覽之類的都全部逛過一輪吧～！」

「好～！」

很好，很好。

別管剛才那個礙事的傢伙說了什麼，現在就跟芽依一起好好享受校慶吧～販售會結束之後悠宇應該也會跟我會合，在那之前就盡情地跟崇拜我的可愛女生一起約會吧～！

這時，另一頭傳來熟人的招呼聲。

「日葵～！」

「芽依也一起逛啊，嗨～！」

哦！

前來的是女子排球社的社長跟副社長二人組。暱稱茉央央的井上茉央，以及暱稱小壽美的橫山亞壽美。

看到她們的打扮，我跟芽依不禁睜大雙眼。

「哦～好棒喔～」

「超大膽有型！」

她們分別扮成了吸血鬼跟魔女。

這打扮確實相當大膽。確實露出了大片肌膚，但總覺得是很健康的性感，真不錯。

是說茱央央的身材真好啊～這就是有著年長男友的人展現的性感啊……

「妳們怎麼都打扮成這樣呢？」

「女排社今天的活動是鬼屋～」

「日葵也要來玩喔～！」

啊，原來如此。

「但吸血鬼跟魔女會出現在鬼屋嗎？」

「這是把上星期萬聖節派對的服裝拿來用～」

真會節省開銷啊～

「晚點就去找妳們玩～」

「等妳來喔～！」

我向這對扮鬼二人組（？）揮手道別。

好耶～我一邊想著晚點再跟悠宇一起去鬼屋玩，並跟芽依邊走邊吃，在校慶上到處逛來逛去。

我們看著教室裡舉辦的展覽跟中庭的街頭表演，享受這場校慶。

……過了一會兒，芽依費解地問：

「呃，『you』大人？」

「嗯呵呵～怎麼啦～？」

「為什麼回到飾品販售會場這邊來了呢？」

「啊！」

我頓時回過神來。

這裡確實已經是飾品販售會場附近……我下意識想來看看悠宇的狀況。

「啊、啊哈哈～妳想嘛，悠宇不太可靠，我才想說應該還是要來看一下……」

「嗯～也是呢。」

「不不不，他那樣還是有穩重的一面啦！」

「『you』大人……」

啊！

不行，我越講越像是在稱讚小白臉的女人。芽依投來那種「雖然尊敬飾品方面的才華但無法否認是個不太行的女人……」的視線好傷人。

「……咦？」

這時，我無意間察覺一件事。

不知為何，悠宇就站在販售會場的教室門前方。

是在招攬客人嗎……雖然這樣想，但是看起來也不像。畢竟就算有學生路過，他也一直保持沉默。

芽依費解地說：

「不知道他在做什麼呢？」

「是榎榎在會場內招呼客人嗎……？」

當我們宛如刑警在跟監一樣時，狀況出現了變化。

有對女學生二人組從走廊的另一端走過來。從她們室內拖鞋的顏色來看，大概是一年級的學生。

她們有些遲疑地向悠宇搭話。還順便遞出了某種像是名片的東西。

這時悠宇面帶笑容地說：

「歡迎來到『祕密花園』。」

他這麼說著，便讓那兩個女生進到販售會場。

我們費解地歪著頭湊近去看，但無法透過被黑色窗簾遮擋的窗戶看到會場內的狀況。

「祕密花園？」

芽依於是拉著我突襲販售會場。

「悠、悠宇！做這種事情是我的職責吧——咦？」

我停下腳步。

隨著打開的門進到室內的光線，映照出奇妙的光景。

「……這是怎樣？」

眼前是一處不可思議的空間。

將多用途教室以遮光窗簾擋著，裡面一片昏暗。

在中間用隔板圍成方形隔出一個小房間。那個小房間也用黑布遮著，完全阻擋了光線。

在用隔板隔出的小房間裡，好像有某種東西散發出淡淡的光輝——……

「日葵。妳在做什麼……？」

我突然回過神來。

悠宇跟方才進來的女學生二人組一起愣愣地看了過來。感覺完全不是因為××而被當成現行犯逮捕的狀況。

「呃，沒事～……」

我怎麼樣也說不出自己是誤以為男朋友在跟受到花蜜吸引的小貓咪們嬉戲，便跟芽依先離開現場。

在外頭等了一陣子之後，就看到那兩個女學生低頭致意離開了。

我們緊接著再次回到販售會場裡，悠宇便對我們揭開謎底。

一片昏暗的室內，就只有用隔板隔出的小房間散發出淡淡的光輝。

「悠宇，為什麼要弄得這麼暗呢？」

「這是為了營造出『夜晚』。」

「夜晚？」

「就是我這次的販售會場主題。」

在隔板隔出的小房間裡。

正中間擺放著好幾座點燈照亮的水槽，包覆著曇花的樹脂飾品就浮在上頭。

那些飾品在水中沐浴著光線，散發出閃亮的光輝。

水槽的另一邊也設置了一盆曇花，隔著水槽營造出隨波盪漾，有如海市蜃樓般奇幻的風景。

悠宇自信滿滿地說：

「命名為『水族箱裡的植物園』。」

「水族箱……」

以只能在夜晚邂逅的曇花為主題，做出水族箱展示的販售會。

由於是個隔出來的小房間，一次只有一個人可以進去，但整體來說是一場著重於高級感的飾品販售會。跟我一起進來的芽依，也是一副啞口無言的樣子看著這個環境。

「暑假時我在東京參觀了金魚水族箱的展覽會。回想起那件事，我就像這樣當作參考了。我想在這個小房間裡一對一接待客人，並以提升經驗值為目標。」

「是、是喔～這就是悠宇策畫的販售會嗎？」

「因為時間不太夠，所以稱不上是策畫，只是提供原案而已。都是多虧了榎本同學跟城山的協助，才得以像這樣成形。」

「可是確實超可愛的。而且這樣感覺一點也不像在教室裡……」

我由衷感到佩服。

……但在途中，心頭卻又覺得刺痛了一下。我裝作沒有注意到這種感受，連忙握住芽依的手。

我一邊「啊哈哈」地笑著，並準備離開販售會場。

「那就加油吧。抱歉，打擾到你了！」

「不，我才是一開始就該跟妳說明一下。」

「是說，榎榎呢？而且飾品的數量是不是也很少啊？」

「啊，榎本同學她……」

◇◇◇

我跟芽依來到悠宇告訴我們的地方。

還不到中午，人潮就多到連走廊都很熱鬧的攤位。

一進到裡面，穿著圍裙的女學生就上前迎接。

「歡迎來到管樂社的蛋包飯咖啡！現在可以立刻入座……咦？日葵？」

「妳好，妳好～」

管樂社的蛋包飯攤位。

榎榎的朋友連忙帶我們入座，並拿了菜單過來。

「『you』大人，妳要點什麼？」

「嗯～我才剛吃過肉捲飯糰而已耶……」

「那就由我吃掉兩人份吧！」

「無底洞的胃……」

這就是年輕的力量嗎……

「而且菜單也只有蛋包飯一個品項呢。」

「畢竟是學校辦的校慶，差不多就是這樣吧～」

一邊這麼說著，我也四處張望了一下。

「榎榎在哪裡呢？會不會在內場做蛋包飯……哦？」

找到了。

她就在教室後方立著「結帳」招牌的桌子那邊。而且在協助攤位工作的同時，好像還在賣什麼東西。

「芽依，蛋包飯來了之後再跟我說一聲喔。」

「啊，好！」

我自己一個人朝著榎榎走過去。

「榎榎。妳在做什麼？」

「哇啊，小葵……」

「不要明顯地擺出討厭的樣子！」

「去別的地方吃嘛……」

那張桌子上陳列著悠宇的飾品。

除了曇花以外的飾品都放在這裡販售。

「咦，這裡是管樂社的攤位吧？這樣好嗎？」

「有取得大家的同意，所以沒問題。而且昨天也拿飾品到處兜售了吧。」

「是、是沒錯啦……」

話是沒錯，但為什麼要跟悠宇分頭行動呢？也不像昨天那樣有急著要賣掉的必要吧……

「小葵，妳看。」

「咦？」

隨著榎榎一指我才發現。

所有擔任服務生的管樂社社員，身上都穿戴著悠宇的飾品。同時，吃飯的桌子上也擺著飾品販售的宣傳小卡。

吃完飯的女學生為了結帳來到榎榎的桌子這邊。在結帳的時候物色了一下飾品，便賣了一個出去。

我看懂這樣的銷售手法了。

「原來如此啊～可以在這邊結帳時順便賣飾品，以提升效率是吧～」

「這也是目的之一。」

「但為什麼要集中在這裡呢？在外面宣傳應該比較……」

「…………」

怎麼看都是一臉厭煩的榎榎，嘆了一口氣之後便說明道：

「小葵，妳覺得做宣傳是為了什麼呢？」

「啊？……那當然是為了讓大家知道有這項商品吧？」

「對吧。那妳覺得這樣的宣傳，要擺在哪裡效率才會比較高？」

擺在哪裡宣傳？然後什麼效率？

「呃……很多人經過的地方？」

「像是哪裡？」

嗯～？

我回想起昨天兜售飾品的情形。

「以這場校慶來說，應該是戶外區跟室內區之間的那個地方吧？我昨天是挑那樣的地方兜售……」

「那妳昨天賣了幾個？」

我屈指一算。

「應該有三十個。」

「在那一小時當中，有幾個客人路過？」

「咦？呃～……路過的人應該是多到數不清吧？」

尤其是辦在體育館內的活動中場休息的時候，就有非常多客人經過。只要站在那種地方，便很容易有客人上門。

聽了我的回答，榎榎一臉不以為意地說：

「眼前有多到數不清的人來來往往，實際上則是賣了三十個。」

「妳、妳到底想說什麼？」

「我昨天也是拿著兜售的飾品盒到這裡賣。半小時內向十五組左右的客人搭話，總共賣了十二個。」

「……啊！」

我回過神來，用倍率計算。

以多到數不清的人當分母，然後賣了三十個。

另一方面，榎榎則是向十五個人兜售，賣了十二個。

確實以銷售總數來說，是我得到壓倒性的勝利。

但以CP值來說，明顯是榎榎的效率比較高。

「小葵。宣傳不是要擺在有很多人經過的地方，而是要擺在『人會停下腳步的地方』才會帶來最大的效益。」

「……！」

我聽懂她的意思了。

說穿了，「為了看廣告而停下腳步」是很白費勞力的事情。在人本來就會佇足的地方打廣告，強制進入人們的眼中效率比較高。

「像是我們蛋糕店的結帳櫃檯也會貼其他商店的傳單，或是擺放社區合唱團的演唱會門票之類的。在東京也是一樣。車站月台、手扶梯，或是出了車站等紅綠燈時會進到視野的地方……擺放在人會停下腳步而且無所事事之處的廣告，很容易就會受到注目。」

再加上會來管樂社經營的蛋包飯店的客層，大多都是女性。因此跟漂亮的花卉飾品契合度也很高。

而且將飾品的販售區附設在結帳櫃檯……也就是將錢包拿出來的地方，更是降低了購買的門檻。

廣告直接與販售連結是最理想的狀況。

基於這樣的邏輯，榎榎才會選擇在這個地方做簡單的廣告。

「…………」

當我愣在原地時，又有來結帳蛋包飯的女學生買了飾品。

在不到一小時的時間裡，飾品剩下十二個。

相較之下昨天由我策畫的販售會，在中午前只賣了五個而已……

「小葵，這樣妳就可以專注於戀人的立場了吧？就算沒有小葵，小悠的命運共同體有我一個人就夠了。」

「唔……」

榎榎率直的眼神將我看透。

對此，我能做出的反應……就只有醜陋的掙扎而已。

「或、或許榎榎的協助確實有比較好的銷售成果。但這樣目的也沒有達成喔。那邊的販售會場就只有悠宇孤伶伶地站著而已，如果沒有客人聚集到大本營……」

「有做了其他準備因應那個問題，所以沒關係……應該只要再等一下就會知道了。」

就算我這樣挑毛病，她也只是很乾脆地表示沒問題。

看起來也不是為了保住面子才這樣說。就在我為此感到費解時，獨自留在座位上的芽依揚聲喊道：

「『you』大人！蛋包飯送來了！」

「唔，嗯……」

我先回到了座位，看看蛋包飯上桌的狀況。

飯上疊了一個漂亮的完整蛋包。就是在ＩＧ會很上相的那種狀態。

將蛋包飯送上桌的榎榎的朋友，面帶得意的笑容用刀子一劃。

「It's show time!」

完整的蛋包被劃開之後，裡面滑嫩的半熟蛋就跟著流了下來。隨之發出「哇啊！」的歡呼，四周也響起「成功了！」的鈴聲。

芽依興奮地拿起手機瘋狂拍照，但我的注意力卻都擺在榎榎那邊。

「……啊！」

在一個女學生結帳時，又賣出了飾品。隨後榎榎拿了一張像是名片一樣的東西給對方。

我連忙跑到榎榎那邊去。

我對那張像是名片的東西有印象。這是剛才悠宇在「祕密花園」前，從女學生們手中收下的東西。

「榎榎！剛才那是悠宇販售會的門票吧？」

「嗯。」

「為什麼？這是什麼意思？」

「因為剛才那個女生是『對小悠的飾品特別有興趣的人』。」

聽她這樣說，我不解地歪過頭。

「對飾品有興趣」？

這是什麼意思？

我皺緊眉頭，打算開口詢問榎榎。

但這時我注意到一件事。

榎榎流露出跟悠宇一樣的眼神——

散發出耀眼光輝的七彩雙眼。

帶著強烈的熱情與決心的雙眼。

就像迸發出閃耀火光一般美麗的眼神。

迷人到甚至讓人陷入好像要被吸進去一樣的錯覺之中。

沒有察覺我為此屏息，榎榎語氣平淡地接著說明：

「我會拿祕密的邀情函給這樣的人，邀請他們參加『特別展覽』。因為曇花的飾品就只有在那邊才買得到。」

「…………」

利用分頭販售的模式，以達成在大量銷售的同時，還保有一個特別接待客人的場合。

這樣就能一併實現低價販售會及提升悠宇銷售的經驗值這兩個目標。透過招待的制度，也就能控制給悠宇帶來的負擔。

可以在校慶這樣的情境中，以及有限的人手下，給創作者自己的挑戰帶來助力。

這大概就是這次校慶販售會最完美的解答。儘管是在只花了一晚的時間做準備，可說是即興販售的狀態下……

「小葵。這樣妳肯認同我了嗎？」

「…………」

我陷入沉默。

（……贏不了。）

反正只是校慶。

反正一樣是高中生。

不會差多少。

我是如此不屑一顧。

但這麼明顯的差距就擺在眼前，甚至讓我起不了找歪理回嘴的念頭。

再這樣下去我會敗北。而且這是我提出的挑戰，也無法自己反悔。

怎麼辦？我絞盡腦汁思考。

於是，我決定用上「另一項計畫」。

（……既然會輸，我就要連這都拿來利用！）

我深吸了一口氣。

然後，用冷靜的態度說：

「嗯，我認同。是我輸了。甚至不需要看悠宇怎麼判斷。」

榎榎一臉驚訝地說聲：「咦？」

對吧。照我的個性來說，不會當場認輸。應該會想搬出各種歪理，試圖逆轉這個狀況才是。

所以這個作戰才更有效。

「往後『you』的夥伴就交給榎榎……悠宇就拜託妳了。」

「唔，嗯……」

榎榎半信半疑地做出回應。

看樣子應該是在推測我究竟有何企圖吧。

為了強調自己並沒有在背地裡抱持任何意圖，我露出有點想哭的濕潤雙眼對她說：

「但我還是覺得很不安。要是跟榎榎這樣既可愛又能幹的女生獨處，悠宇說不定會喜歡上妳……」

「這……嗯。我不會妨礙你們戀人之間的關係。這點我答應妳……」

榎榎似乎愈來愈覺得可疑了。

嗯——也是啦，我應該不會這麼坦率吧？那還是再加點料好了。

我伸手直指著她。

「但是，榎榎如果墮落了，我就會立刻替補上來喔！我可不是就此放棄了喔！」

「那是哪門子的傲嬌啊？」

「咦？因為哥哥喜歡的動畫裡有這一幕……」

「……小葵。妳一定有所企圖吧？」

唔，糟糕。

反而讓她愈來愈起疑。算了啦，看我靠氣勢撐過這一關！

「一旦少了我這個存在，你們能不能順利做下去都很難說。反正我會盯緊你們喔！」

我就像個邪惡組織的大幹部一樣，瀟灑地轉過身。

「芽依，我們走！」

「『you』大人？請、請等等我！」

芽依連忙跟了上來。

噗呵呵。我表現得超酷……當我這麼想的時候，榎榎從後方叫住我。

「小葵。等一下！」

我回頭一看。

只見榎榎露出相當認真的眼神。

然後緩緩地朝我伸出手掌——

「蛋包飯錢。」

「啊！」

我清了清嗓子，乖乖付了兩人份的錢。

做人絕對不可以吃霸王餐。

♣ ♣ ♣

時間剛好來到正中午左右。

剩下的飾品順利賣完，我急忙跑去跟日葵會合。

販售會結束之後，就是要陪日葵的時間。

榎本同學她們好像會在收拾的時候再來集合。

在通往體育館的連通走廊上，只見日葵一邊插著吸管喝著Yoghurppe，一邊懶洋洋地搖晃雙腳。

「日葵，讓妳久等了！」

朝我看過來的日葵，表情頓時亮了起來。

「啊，悠宇。販售會怎麼樣～？」

「順利將飾品都賣完了。日葵，也謝謝妳了。」

「不會～我又沒幫上什麼忙。」

「才沒有這回事。要不是有日葵努力幫忙，第一天也……」

話才說到一半，日葵就抓過我的手。

「更重要的是，我們快點去玩吧！」

「啊，嗯。也是呢。」

總覺得日葵的心情比平常還要好。

「日葵，發生了什麼事嗎？」

「沒什麼啊～只是一想到榎榎跑來求我的未來，我現在就覺得雀躍不已了呢～♪」

更搞不懂她是什麼意思了……

但如果只是在跟榎本同學嬉鬧應該沒問題吧。總之，今天就以好好陪日葵為優先。

何況她今天聽從了我很多任性的要求。

就算只有現在也好，至少也要讓日葵玩得開心。雖然這樣說起來很自私自利，但也無疑出自我的真心。

「悠宇。我們去這邊玩吧～！」

「咦，這裡？」

日葵帶我過來的地方，是女子排球社籌備的鬼屋。

教室外面點綴了各種可怕的裝飾品，看起來確實很煞有其事。

「也有做了這麼多裝飾的鬼屋啊……」

「剛才茉央她們約我來的～」

「喔喔，井上同學啊。但妳不是不喜歡這種恐怖類型的嗎？」

「反正是學生假扮的，沒關係啦。來做點很像校慶的事吧～」

既然日葵想玩倒是沒差啦。

我一邊這麼想，在入口處確認過後踏了進去。

結果日葵就露出賭氣的樣子。

她小聲地說了「真拿你沒辦法耶～」之類的話，隨後就突然靠到我耳邊低語。

「如果成功保護我，晚點就給你來個悠宇最喜歡的色色啾啾喔♡」

「妳說這什麼不得了的話啊！」

井上同學一臉竊笑地搗著嘴巴。

「哎呀哎呀。夏目，看你一臉這麼可愛的樣子，沒想到也滿好色的嘛～」

「不不不，這只是日葵隨便講的……」

「別擔心，別擔心。我的男朋友也是有著一兩個說不出口的興趣啊。」

「熊學長！在被女友擅自揭露性癖之前快來救我吧！」

日葵抓著我的手臂晃了晃。

「欸～悠宇～」

「我想到一個超能保護日葵的方法。只要離開這個鬼屋不就好了？」

「那可不行！」

「為什麼啊？就算不是這樣，我也想趕快出去耶！」

我雖然想趕快逃走，但日葵不知為何硬是抓著手臂把我拉回去。

還想順便把井上同學也塞回去……咦，這是在玩什麼啊？

當我感到困惑不已時，閃光燈突然在黑暗中「啪嚓」地亮了一下。

「咦？」

扮演成魔女的橫山同學從暗處現身。她手裡正拿著開啟相機模式的手機。

「日葵，我拍到很棒的照片嘍～」

「哇，給我看給我看～」

三個女生突然就把我丟在一旁，朝著手機聚了過去。

照片上完全是「在鬼屋裡被嚇到的美少女淚眼汪汪地抱過來而紅透臉的我」的模樣。

「怎、怎麼這麼突然？」

結果橫山同學比出勝利手勢答道：

「想留作紀念的話，這張照片可以給你們喔！」

「啊，原來這個活動的主旨在此啊……」

仔細一看，發現地板上用螢光膠帶貼出「拍照地點」的字樣。

像是遊樂園的設施也會有呢。類似那種雲霄飛車的通道上架有攝影機的類型。

橫山同學露出可愛的笑容對我伸出手。

「那麼，就算你友情價一張五百圓。」

「好貴。」

絕對比我還會做生意吧……

日葵伸出食指抵著嘴唇，用可愛的動作對我央求。

「悠宇～人家好想要耶～」

「是是是……」

我也只能無奈地從口袋裡掏出錢包。

♣ ♣ ♣

我們大概就像這樣逛了一圈校慶。

到了下午兩點多。

我們在走廊上漫無目的地走著，尋找下一個目標。一邊看著今天拍的ＩＧ，日葵感覺很心滿意足。

「哎呀～今天玩得真過癮。」

「那個廟會的展覽做得很認真耶。」

「對啊～真沒想到竟然會有撈金魚。」

「雖然地板都濕答答的。」

「噗哈哈。但應該是有取得老師的許可啦。」

「是說在玩射擊遊戲的時候，妳也太狠了吧。」

「如果是哥哥來玩，大概會打中所有獎品吧～」

她一臉得意地把裝在塑膠袋裡那些贏來的零食跟玩偶拿給我看。

我攤開校慶的簡介，看看還有哪裡沒逛到的地方。

「日葵，妳有想逛哪裡嗎？」

「我想想喔～雖然很在意剛才經過卻剛好沒有人顧，像是占卜館的那攤，但現在要折回去感覺也很麻煩～」

「話說我還是要到飾品販售會那邊收拾一下，所以四點多應該就要回去了。」

「那不然……」

就在我們討論著這些時，發現前方有個認識的人。那位女性感覺悠悠哉哉地，一邊對著我們揮手一邊走了過來。

「哦～總算找到你們了。」

「新木老師！」

是一直都很照顧我的插花教室老師。

她平常都打扮得比較休閒，不過今天穿著一身整齊的套裝。看到老師這樣的一面，會讓我覺

得原來她真的是社會人士。

「老師，怎麼了嗎？」

「今天剛好有空，就想說來看看你的販售會……」

這麼說道的老師聳了聳肩。

「但今天中午就賣完了是嗎？我剛才聽榎本妹妹說的。」

「啊，對。不好意思。」

「沒關係啦。我只是想說如果你還有很多庫存，就跟你捧場一下。」

「哈哈……多虧有日葵跟榎本同學，商品算是順利賣完了。」

「那很好啊。有沒有得到什麼收穫呢？」

「啊，有的。我嘗試了模擬水族箱的展示手法……」

我話才說到一半，總覺得日葵好像……抖了一下之後身體也跟著僵住的樣子。

啊，糟糕。

就在我連忙想找其他話題圓場時……

「喔，喵太郎！」

「啊，笹木老師……」

背後傳來另一道粗獷的聲音。

是我們學校的數學老師，也是擔任升學輔導的笹木老師。順帶一提，他也負責主導這次校慶的執行委員會。而且不管我拜託他多少次，都不肯改掉「喵太郎」這個稱呼……

看到那個笹木老師，我不禁睜大雙眼。他今天穿著方便活動的運動服，但背後還揹著一把吉他。

「笹木老師，你怎麼揹著吉他啊？」

「我現在要去跟高三的樂團一起表演。你們有空的話也過來看看吧。」

這麼說完，日葵就樂得跑去戳他的吉他袋。

「什麼～笹木老師，你會彈吉他喔～？」

「別看我這樣，高中時還組過樂團呢。還滿會彈的喔。」

當我們驚訝於他意料之外的特技時，笹木老師不知為何露出狐疑的表情。

他的視線越過我們，看向新木老師。

「妳難不成是新木……？」

「哦～是笹木耶。你在這裡當老師喔？」

哦？

這樣聽起來好像他們認識一樣，這次換我跟日葵露出費解的表情了。

「對啊。我們應該高中畢業之後就沒碰過面了吧。過得好嗎？」

「還可以啦。沒想到那個不良學生竟然在當學校老師啊～感覺就跟《ＧＴＯ》一樣呢～」

「妳這個例子現在的高中生聽不懂吧……」

而且好像還滿熟的。

我向笹木老師詢問：

「你認識新木老師嗎？」

「我們是高中同學。同學會的時候她都沒有出席，我還以為她早就去外縣市了。」

「是、是喔。原來如此……」

世界真小啊～

「新木，妳怎麼來啦？妳認識喵太郎嗎？」

新木老師看著我偏頭表示懷疑。

「喵太郎？」

「請不要追問下去……」

笹木老師豪爽地笑著說「這個稱呼很適合他吧」並拍了拍我的背。不，也只有笹木老師會這樣叫我耶……

這時新木老師問道：

「是說，笹木。你說表演，是要彈那首嗎？」

「哪首？」

「你以前對我唱過的原創情……」

「哇啊——！」

笹木老師不知為何伸手摀住新木老師的嘴。那張臭臉竟難得地紅了起來。

「怎、怎麼了嗎？」

「沒事啊！真的沒事！」

「是、是喔……」

笹木老師老師紅著臉，新木老師好像也在說些什麼但聽不清楚。只覺得似乎聽到「在學生面前」、「那都多久以前的事了」之類的話。擺明就可疑到不行……

隨後他刻意清了清嗓子，硬是把話題給拉回來。

「哎呀，時間快到了。新木，妳可別多嘴喔。」

「是是是。」

笹木老師就這樣慌慌張張地朝著體育館走去。直到完全看不見他的背影之後，我便向新木老師試探了一下。

「我還是第一次看到笹木老師那麼慌張的樣子。」

「高中的時候，笹木對我唱過一首他自己做的情歌。」

「這麼乾脆就說出來了……」

「但我討厭不良少年，所以就把他甩了。」

「我甚至沒問那麼多……」

聽到這種可憐的失戀故事，也讓我跟著悲傷了起來……要是跟咲姊說這件事，她絕對會很開心吧。

新木老師拍了拍我的肩膀。

「好啦，夏目、犬塚妹妹。我們走吧～」

「我們也一定要去是吧……」

我詢問日葵的意願。

「日葵，要去嗎？」

「嗯～既然笹木老師要表演，就去看看好了。」

難得有這個機會，我們便跟新木老師一起前往體育館。

♣ ♣ ♣

體育館的現場表演還滿嗨的。

高三的學長們好像很出名，也非常會炒熱氣氛。跟他們一起登台的笹木老師也展現了高超的演奏技巧。

「笹木老師真的彈得很好耶……」

「哦～我還是第一次現場聽到那種『嘰嘰——』的彈法耶……」

真的很厲害。從外行人的角度來看，會覺得搞不好跟專業級有得比了。

但不知為何，笹木老師表現得愈厲害，腦海中就會不禁浮現像是「自己做的情歌啊……」這樣的雜念。

周遭的學生們不是隨著節奏拍手就是發出歡呼，大家都樂在其中。雖然新木老師打了一個呵欠，不過這個人平常就是這種感覺。

在這當中，日葵感覺也很開心地拍著手。

她的側臉在燈光的照耀下，時而渲染上紅色，時而又變成黃色。這讓我再次體認到，這傢伙的臉也太漂亮了吧？

光是注視著她的側臉，就讓我覺得周遭的聲音好像漸漸遠去。

明年也好想跟日葵一起享受校慶喔。

我產生了這樣的想法。

下次一定要做得更好。

要花時間好好做準備，迎來一場日葵也能樂在其中的校慶。

一方面確實也會覺得為什麼已經在想明年的事了，即使如此還是會忍不住去想。

我認清了現在的自己做不好的部分。

也產生了應該行得通的感覺。

雙方的經驗都會成為我的基石，明年一定可以給日葵留下更開心的回憶。

……當我認真地想著這些事，不知為何日葵也轉頭朝我看來。

「悠宇，我跟你說。」

「什、什麼事？」

偷偷看著日葵的舉動讓我感到有些心虛，聲音也不禁拉高了一點。

就在我們的對話都快要被舞臺上的演奏及四周的歡呼聲給掩蓋——她明確地說：

「我想離開『you』的團隊。」

我花了一點時間去理解這句話的意思。

視野一角瞥見新木老師朝我們瞄了一眼。然後她就不發一語地離開，往另一邊走去。

這時我總算察覺剛才這句話是現實，並下意識反問：

「為、為什麼？」

「對悠宇的事業來說，我好像幫不了什麼忙。」

「才沒有……」

話都還沒說完，就被日葵打斷了。

「不。這次的販售會讓我理解了。我真的不適合。不如說我至今所做的事情，都是為了接棒給更適合的人……這樣一想，反而讓我覺得暢快多了。就像『總算做到最後啦～』的感覺。」

怎麼會，就算這樣擅自感到心滿意足……

「但我之所以製作飾品，都是為了成為一個配得上妳的創作者……」

我拚命地想挽留她。

但日葵只是搖了搖頭。

「悠宇。我希望你能朝著『更大的目標』邁進。」

「更大的目標……？」

我不懂她的意思，便這麼反問。

「成為配得上我的創作者。這當然讓我感到非常高興，但如果以這種事情為目標，就會畫地自限喔。暑假時你跟我說，要成為『可以得到一切的那種強大的創作者』對吧。」

「啊……」

今年暑假，碰上紅葉學姊那件事的時候。

那時我確實對日葵這麼發誓，並成為了她的戀人。

日葵看出我的視野變得狹隘了。這讓我覺得很難堪……但也體認到日葵果然是最懂我的人，並感到欣喜。

這時，日葵露出溫柔的微笑。

「我想以『悠宇在這世界上最珍惜的戀人』的身分，見證你放眼世界，展翅高飛。」

「日葵……」

我使勁地緊握拳頭。

……榎本同學今天早上所說的話感覺就別具深意，指的想必就是這件事情吧。這樣看來，也能理解榎本同學說想重回「you」團隊的原因了。

說真的，我很想留住日葵。

但日葵應該也是經過一番苦惱才會這麼說。畢竟「you」是我們兩個一起成立的。我也很了解日葵的個性，她不是會直接說「我覺得膩了」這種話的人。

如果我現在還表現得依依不捨，反而糟蹋了日葵的決心。

我下定決心了。

雖然感到有點……不，是相當寂寞，既然日葵都決定好了，我就會接受。就像在國中校慶那時，她也接受了我高談闊論的夢想一樣。

「……我知道了。往後我會跟榎本同學一起將『you』經營下去。」

「嗯。」

表演來到最嗨的高潮。

最後一首選的是電視劇的主題曲，也是在今年掀起熱潮而且淺顯易懂的情歌。

我們在這段表演當中，一直都緊緊牽著彼此的手。

這不是結束。

而是我們嶄新的開始。

「就算是跟以前不一樣的關係，我也會繼續為了日葵製作飾品。」

「即使關係跟以前不一樣了，我還是會支持悠宇。」

雖然有點寂寞……當我沉浸在感慨之中，日葵突然戳了戳我的臉頰。

我猛地轉頭一看，只見她一臉竊笑地說：

「反正還是戀人，以後就一～直親熱下去吧。」

「…………」

我的臉不禁熱了起來。

「不要說這種話。」

「噗哈～！」

日葵開心地笑了。

沒錯。

什麼也不會改變。

不管關係產生怎樣的變化，都絕對不會動搖我們的羈絆才對。

◇◇◇

……話是這樣說啦。

在表演到最高潮的時候，我不禁暗自竊笑。

悠宇一臉感慨萬千的樣子，對我投以滿懷慈愛的眼神。看到他這樣的表情，讓我體認到自己的作戰進行得很順利。

這是命名為「為了悠宇不惜退讓，惹人憐愛又美麗的日、葵、美、眉♡」作戰！

既然在策畫販售會方面輸了，只要在這場勝負之外的地方找出獲勝的方法就好，這就是所謂的「輸了比賽但贏了人生」戰略。

我跟悠宇盡情享受戀人生活。突然變得完全抽離「you」的活動。結果會變得怎樣呢？

在我的盤算中，創作時沒有我在身邊的悠宇會感到不滿足，因此總有一天會來接我。

而且因為是「為了悠宇而自願退讓的感覺」，悠宇心中「覺得自己太沒用才會害我選擇退讓」的指數會直線攀升。

悠宇是個個性認真的人，這樣就會愈來愈無法背叛我。如此一來，悠宇對我的心意就是無可撼動的了！

埋下了這個炸彈之後，只要一邊跟悠宇相親相愛，並等待時機到來就好。感到寂寞的悠宇會來接我，一起迎向美好結局。

我在「you」的地位堅如磐石。

而且我也若無其事地跟榎榎立下了約定。

「既然榎榎要成為命運共同體，相對的就不要妨礙我們的戀人生活」。

如此一來，就算他們獨處我也能放心了。

畢竟榎榎跟我不一樣，是會乖乖遵守約定的人。

真正的「魔性」就是像這樣連逆境都拿來利用。

只要以戀人的身分跟悠宇百般恩愛，就會自己走進勝利女主角的路線。到時候，新生的「you」就能完成排毒程序！

噗哈哈！

能幹的女人就是要像這樣將一切都拿來利用！

榎榎就沒辦法像我這樣採取如此殘忍無情的作戰。當我拿出真本事就是這麼厲害啦。不好意思喔，但當壞女人的資歷就是不一樣啦，資歷啊。呵呵呵呵。

真正的女主角果然就是要連暗地裡都完全控制才聰明啊♪

就像這樣，笹木老師的表演結束了。

由於時間也有點晚了，周遭都給人一種差不多該收拾的感覺。於是我們也前去販售會場進行收拾。

一想到我們耀眼的未來，腳步也自然而然輕盈了起來呢～

「到～啦！」

我們很早就抵達販售會場了。

榎榎跟芽依都還沒來。不知道她們是去哪裡玩呢？但去哪裡都沒差啦。

我高高地舉起拳頭。

「好～那就先來收拾吧～！」

「也是呢。」

悠宇比較高，所以他去拆下蓋住多用途教室的遮光窗簾。

我就趁這時候去收掉那個隔板好了……如此心想的我便一腳踏入那個小房間。

「真虧他能準備好這個水族箱跟曇花的盆栽之類……咦？」

我看見了「那個」而說不出話來。

曇花的盆栽當中，開出了唯一一朵花。

這一瞬間，我還以為自己是不是產生了幻覺。

曇花只會在夜晚開花。

現在還只是傍晚而已，完全不是開花的時間點……不，撇開這一點，曇花也是夏季的花。天

氣都已經轉涼了，為什麼還會開花？

難道是悠宇營造出「夜晚」的隔板影響嗎？

還是溫暖的燈光讓花睡昏頭了？

不，不對。

不是基於這種道理。

我莫名產生了這樣的想法。

不知為何，我回想起直到現在也強烈刻在腦海中的記憶。

四月發生的那件事——

「夏目的花——確實有傳達給那個女生了」。

榎榎表白自己就是悠宇初戀的那個少女時的光景。

當時強烈的記憶，不知為何讓我覺得跟這朵綻放的曇花重疊在一起。

就像在說這就是命運似的。

簡直像在祝福悠宇跟榎榎的販售會辦得很成功一樣。

就像在暗示相襯的兩人迎向的未來那般。

「——————！」

我下意識地將那朵花四分五裂。

當我從自己的行動中回過神來時，悠宇剛好探頭看過來。

「日葵。新木老師傳ＬＩＮＥ過來說要把曇花的盆栽載上車……妳怎麼了？」

「啊，沒有啦！沒事！」

我不禁把那朵花藏到背後。

還拚命地對著歪頭感到費解的悠宇露出笑容。那看起來想必是史上最尷尬的表情，但悠宇並沒有放在心上，便回去繼續拆卸遮光窗簾。

心跳聲吵到不行。

莫名其妙冒出的冷汗讓背都濕了一片。

沒事的，別擔心。
我已經得到想要的東西了。

只要好好抓住這段戀情就沒問題。
只要加重力道緊緊把握住，小心不要弄掉就好了。

我絕對不會放手。

無論是這段戀情還是友情。
這可是我第一次拿出真本事的心情。

能笑到最後的人絕對是我——

Ⅱ

「真心的愛」

◇◇◇

校慶隔天。

補假日的中午。

我站在廚房注視著眼前的鍋子。

曇花開出的花朵正在油鍋中炸得酥酥脆脆。

像在配合耳熟能詳的「三分鐘料理」節目音樂跳舞一樣，漸漸炸到全熟。

媽媽則是坐立難安地在廚房入口觀察狀況。

「日、日葵？我還沒教妳怎麼炸天婦羅耶。沒問題嗎？」

「…………」

「妳還好嗎？總覺得從昨天開始就一副兩眼無神的樣子……」

「…………」

我維持虛無的狀態，隨著身體動作操控著筷子。

讓曇花一圈一圈旋轉著裹上高溫的油之後，就迅速撈起。接著抖掉多餘的油，並放在鋪著廚房紙巾的盤子上。

關火之後，我將那盤菜放到桌上。

本日菜單。

「曇花天婦羅」。

我合掌感謝它成為自己的糧食，並將桌上的調味料一一放在小盤子上。

一片片剝下花瓣，並照著鹽、岩鹽、抹茶鹽的順序沾著吃。

好好吃。

麵衣炸得酥脆，裡面則是相當鬆軟。

就連五臟廟都被這朵美麗的花深深吸引。

沒錯——曇花可以食用。

當然是要沒有灑農藥的才行，但這是悠宇跟新木老師種的，所以大可放心。

我稍作休息，並喝了一口茶。

我為什麼會把這朵花四分五裂呢……

第二天的販售會相當成功。

雖然就銷售金額來說是第一天賺得比較多，但意義截然不同。

悠宇所追求的，無疑是第二天那樣的販售會。

我……沒能察覺這一點。

我將一個比較深的小盤子拉了過來。

接著剝開曇花的花瓣，沾著柴魚醬油吃。

好好吃。

榎榎在東京接觸到悠宇的核心。

我卻輕忽了這一點。

暑假時，在我得知悠宇跑去東京的當下，也有辦法跟去才對。

但我卻沒這麼做。

甚至沒能看穿真木島同學的計謀，還悠悠哉哉地在蛋糕店打工。

我本來應該要在流行最尖端的東京，跟他一起共享那段經驗。

我因為成為悠宇的戀人，而怠慢了身為一同追逐夢想的夥伴的義務。

這時電子鍋發出了「嗶——」的聲音。一打開蓋子就冒出冉冉的熱氣。我們家的田地種的整鍋白米都煮得粒粒分明，散發出誘人的芳香。

將米飯盛入飯碗中，並放上曇花花瓣。接著淋上溫熱的高湯，做成天婦羅茶泡飯。

我將鬆軟的飯扒進嘴裡。

好好吃。

但榎榎做到了。

她靠本能理解悠宇的夢想，就等同於得到悠宇的「一切」。

但是，已經太遲了。

就算榎榎得到夢想，我也不會輸。

因為我已經得到想要的東西了。

悠宇的愛情，我絕對不會放手。

就算要墜落到地獄，我也要貫徹這股拿出真本事的心情！

伴隨著這個決心，我狼吞虎嚥地將剩下的曇花天婦羅吃個精光。

♣ ♣ ♣

補假隔天。

我一如往常地到學校上課。

一進到換鞋子的地方，就發現日葵一邊喝著Yoghurppe一邊等我。今天也是一副完美的美少女形象。

注意到我之後，她就感覺迫不及待地跑了過來。

「悠宇～早安——！」

「喔，日葵。早安。」

我有點嚇到。

前天說要退出「you」之後……還以為她會一直掛念著這件事，沒想到日葵反而一副相當開朗的模樣。

她交疊雙手擺在背後，由下往上地對我投來視線並拋出謎題。

「悠宇。面對我這個可愛的女朋友，你有沒有忘了什麼啊～？」

「忘、忘了什麼？」

「真是的～你不自己發現就沒意義啦～♪」

咦咦……我忘了什麼？

聖誕節還沒到，日葵的生日也是四月。最近應該還沒事吧。既然如此，她指的應該是更加日常的東西，我便開始將記憶中有可能的事情一件件拿出來講。

「呃～我昨天沒有回妳ＬＩＮＥ嗎？」

「別擔心，你有回喔♡」

「不然就是那個。交往兩個月紀念？」

「可惜，那要再過一陣子♡」

「啊，妳的頭髮是不是剪短了兩公分？」

「可惜！是三公分！」

「這可以算是答對了吧……」

但好像也不是這個。如此一來單純就是服裝方面嗎？

校慶過後，我們學校就從夏季制服換季成冬季制服。我猜應該是這方面的謎題吧。

這麼說來，剛換成夏季制服時，她也有跟榎本同學一起跑來秀給我看。

總之我從日葵的一身冬季制服尋找線索。西裝外套跟制服裙就跟平常一樣，所以沒什麼新鮮的感覺，但換季成冬季制服就代表裝飾品也會跟著增加。

這條黃色圍巾……跟去年一樣啊。而且她光是把後頸遮起來，對我來說分數就會比較低了。

「褲襪真是不錯。」

如此一來作為一介創作者，我該稱讚的地方是……

「你是變態喔。」

好像答錯了。

不，冷靜想想是她說得對。我怎麼會覺得這是正確答案啊？

「我投降了。」

見我坦率地舉白旗投降，日葵便不懷好意地笑了。

她伸出食指戳了戳自己的臉頰。就像雪見大福一樣柔軟的肌膚，也隨之表現出很有彈力的模樣。

「早、安、吻♡」

「又不是新婚夫妻。」

竟提出了比想像中更令人胃痛的要求……

原來如此，重啟了暑假時的熱戀模式是吧。既然日葵要專注在戀愛上，確實會變成這樣。

我很想順應她的要求。

但這裡是上學必經的換鞋區。也就是說會有同學出現在這裡。在這種大庭廣眾之下親她也太糟糕了吧。

「……不能晚點再說嗎？」

「不行～♪」

……也是呢。我就知道。

日葵一副早就看透我會婉拒的樣子，便高舉起某個東西給我看。那是——

「我的室內拖鞋！」

「嗯呵呵～你親愛的室內拖鞋落入我的手中了！」

她實在太會盤算，我不禁露出驚愕的表情。

如果沒有室內拖鞋，我就不能繼續前進，只能被逼著在這裡親她才行。

太卑鄙了吧……周遭的學生們也都緊張地注視我們。

「聽好嘍，悠宇。我為了守護熱戀期的校園生活，已經把靈魂賣給惡魔了。」

「總之我已經知道再拖延下去我會很丟臉了……」

話雖如此，四周已經聚集了不少學生。要是就這樣繼續拖延下去，肯定只會引來更多圍觀的群眾。

而且大家是不是都太閒了啊？拜託快點進教室吧……

「快啊快啊～再這樣下去襪子都要弄髒嘍～」

「威脅的格局有夠小……」

為了尋找解法，我便環視起四周。

這時視野一角瞥見一道熟悉的人影。我注意到對方之後，為了避免被日葵發現，便用眼神交流求助。

『榎本同學，救命！』

榎本同學在圍觀群眾的後面，一臉厭煩地回應我。

『小悠。你在幹嘛……？』

『因為這樣那樣。』

『咦咦……』

不會吧，竟然真的有辦法溝通，太扯了吧？

這就是與一直以來都被共通朋友添麻煩的人心有靈犀……當我想著這種事時，榎本同學突然豎起拇指。

然後就向下一轉。

『照做。』

『啊？』

『給、我、照、做。』

『真的假的……』

『反正再怎麼說也阻止不了小葵。倒不如速戰速決。』

『好、好吧……』

我的新命運共同體走的似乎是不干涉我與戀人彼此生活的方向。

既然如此，我也只能照做了。然後就要進教室。為什麼我只是要進教室，就必須下定如此悲壯的決心啊？雖然很莫名其妙，但這也是為了與日葵交往下去而必須做的愛情表現。說穿了，如果不是在這種地方，我也很想直接親下去。

為了以必死的決心親她臉頰，我抓著日葵的雙肩將她拉了過來。

這時日葵朝我瞄了一眼。

過了一瞬間——她便後發先至朝嘴唇親了下去！

「太猛啦！」

「竟然真的親了！」

不知為何，周遭的學生們都為之沸騰。

「日、日葵……！」

見我完全亂了陣腳，日葵一副正中下懷的感覺露出竊笑。

接著使出安定的「噗哈」攻擊。

「噗哈～！悠宇也太害羞了吧～！」

「當然會害羞啊！妳這傢伙，自己的臉也超紅的好嗎！」

日葵心滿意足地擺出莫名的勝利姿勢。

「No倦怠期，no life！」

「這樣講就會變成最喜歡倦怠期了耶……」

這就是日葵把所有精力都用來談戀愛的覺醒狀態……

暑假那樣竟然還只是小試身手，實在令人折服。

♣ ♣ ♣

當天的下課時間。
我來到二年級的別間教室。具體來說就是真木島的班上。
針對日葵從今天早上開始的狀態……那副比暑假時更加放閃的樣子來找他商量。這傢伙雖然基本上無法信任，但他的戀愛經驗無疑比我豐富得多。
但一聽到我像是緊抓著救命稻草般提出的商量，真木島卻不屑一顧。
「既然你都決定要跟她交往，那儘管恩愛不就得了。」
「呃，但那樣很明顯就太過火了吧。而且害我又被笹木老師叫去……」
「啊哈哈。那不就正是所謂男人的出息嗎？」
「……真木島，要是你女朋友像那樣在群眾面前跑來親你會怎樣？」
「分手。毫不猶豫。我可沒有瘋狂到要去搭理那種煩人的女人。」
「……也是喔。」
真不愧是情場高手。冷酷到無法當作參考……
「但我不想跟她分手。」
「那要不是若無其事地控制好對方，不然也就只能接受了。」

「你覺得為什麼會比暑假時還更惡化啊？」

「大概……是在做記號吧。」

「做記號？」

「就是恫嚇周遭並宣示所有權的行為。這在小團體裡的戀愛中很常見。」

「也太殺氣騰騰了吧……」

真木島輕快地笑了笑。

「那你要怎麼做呢？如果你想控制日葵，我也可以傳授你幾招……」

「……在那之前，我要先問你一件事。你從前陣子就開始策畫的那件事，應該還沒有告一段落吧？」

「對啊。前置作業是做完了，接下來只要靜待時機成熟就好。畢竟我是喜歡吃隔夜咖哩那一派的嘛。」

「喔喔，那真的很好吃呢。隔夜咖哩……」

我露出燦爛的笑容問道：

「為了迴避真木島莫名其妙的計畫，你覺得怎麼做比較好？」

真木島也露出最耀眼的笑容回應：

「你以為我會說嗎？」

我不禁垂頭喪氣。

「我是不認為你會乖乖告訴我啦……」

「那你要怎麼做？」

「直到日葵心滿意足之前，我也只能奉陪到底了。何況要由我控制日葵，才是不可能的任務。」

「啊哈哈。你真是果敢啊。」

「既然日葵要專注在戀人的身分，我還阻止她也說不過去吧。我會努力當個不讓日葵感到厭煩的男朋友。」

「那真是太好了。不知道在畢業之前你會累積幾樁黑歷史呢？」

「…………拜託你替我祈禱盡可能少一點吧。」

日葵至今付出了這麼多努力，我也得好好報答她才行……

♣ ♣ ♣

然後就到了午餐時間。

我在眾人環視之下，受到平成戀愛喜劇最終奧義的攻擊。

「來。悠宇，啊～」

「馬上就快挫敗了……！」

日葵同學笑得真開心……

之前都是在科學教室吃飯，因此難為情的程度也跟著減半，但交往之後好像就不能在那邊吃飯了。雖然搞不太懂這項規則有什麼意義，對日葵來說應該是很重要的一點吧。

多虧如此，我才會在同班同學的面前，被她夾起一大顆肉丸子塞進嘴裡就是了。

「哇啊，好好吃。」

「對吧～」

日葵一臉得意洋洋地抬頭挺胸。

她手邊放著一個營養均衡與滿足感兼具的便當。

「日葵，這個便當是？」

「嗯呵呵～是我親手做的喔～♪」

「真的假的！日葵，雖然有聽妳說過在學做料理，竟然厲害到這種程度……？」

原以為只是將冷凍食品裝成便當而已，這令我為之戰慄。

不，這美味的程度跟冷凍食品是不一樣的感覺。還有著親手做的便當特有的豐盛及滿足感。

直到不久前不只是別人，連她自己也承認討厭下廚的日葵，竟然為了我……

當我內心感慨萬千的時候，日葵帶著燦爛笑容說道：

「我把媽媽煮的配菜冷凍一晚，早上再拿去微波的喔♪」

「天啊～超費工～」

我最喜歡這樣的日葵啦！

津津有味地吃光便當之後，我雙手合十。

「謝謝招待。」

「不客氣。」

在我們一起喝著溫熱的茶時，日葵像是回想起來似的說：

「是說悠宇，你還記得下次三天連假的事嗎？」

「咦？有什麼事嗎？」

日葵感覺很可愛地搖晃著我的手臂。非常可愛。

「校慶前不就說過了～！」

「……啊，這麼說來確實有說過。」

之前說過因為一直專注於飾品的事情，所以約好下次一起去外縣市玩，順便喘口氣。

這個月剛好有三天連假，確實是個好時機。

「要去玩是沒問題，但要去哪裡好呢？」

「嗯呵呵～有個地方非常適合悠宇喔！」

日葵用手機找出附近城鎮的官方網站給我看。

那是我們縣內數一數二的賞楓勝地。根據預報，好像再過個兩星期就是最佳賞楓期。應該會正好碰上三天連假。

「如何？」

「超棒的！我一直都很想去那裡！」

「咦？你竟然沒去過嗎？」

「我是有問過爸爸一次。但這個地方好像要經過一段很長的山路，沒開車就到不了。而且道路狹窄又險峻，要走過去也很危險……」

「啊，原來如此～別擔心，只要跟我哥或媽媽說，他們應該都會開車載我們去吧。」

「還要他們特地跑一趟不太好吧……」

「噗哈哈。你別介意啦～大家都很想替未來的女婿做點什麼啊～」

「真令人感激。我確實很感激，但真的拜託別再說什麼女婿……！」

另一邊的幾個女生紛紛說著「家族公認了喔？」、「我看不是情侶已經是夫婦了吧」、「而且他果然被吃得死死的呢……」並投來憐憫的視線……不，什麼叫「果然」啊，什麼意思嘛。我也心知肚明，但聽人這樣講還是會受傷耶。

我拿著手機看人家賞楓的照片。

「去賞楓是吧。難得有這個機會，我也想去高千穗之類的地方看看呢。」

「那邊的楓葉也很有名嘛～從地圖上看來，我記得好像沒有多遠耶～」

「如果一大早就出門，是不是有機會兩個地方都去？」

「嗯～我去問問看哥哥好了。山路都彎彎曲曲的，其實還滿花時間的說～」

「說得也是。一天來回應該是沒辦法吧……」

既然都去了，也想順便觀光一下，但這樣想就太奢望了吧。

……當我語帶放棄地這麼說，日葵不知為何卻露出竊笑。她的臉突然湊近過來，用周遭的人聽不到的細微音量耳語：

「反正是三天連假，乾脆真的一起過夜好了？」

「……！」

見我愣了一下，日葵就伸手遮著嘴邊捉弄我。

「奇怪了～悠宇同學，你剛才是不是想像了什麼下流的事啊～？」

「我、我才沒有！妳不要在教室裡說這種話！」

不，我確實有想像一下就是了。

沒辦法啊，正值青春期耶。而且對妳來說這也並非事不關己，所以不要隨便拿出來講。

總之呢……

就此決定好要趁著兩星期後的連假，以戀人身分一起去賞楓。

♣ ♣ ♣

放學後，還有例行公事在等著我。

也就是跟平常一樣去科學教室照料那些花。

「日葵，妳真的不去嗎？」

「嗯。而且我也有事要做～」

「什麼事？」

日葵別具深意地露出微笑。

「我拜託媽媽請了一個家教，想說要盡全力認真念書～」

「念書？日葵，妳的成績很好啊。」

「不是啦。就算放棄成為夢想的夥伴，有著高學歷還是比較好吧？現在雖然沒有想從事的目標，但如果哪天突然想做某件事情，也能先做好準備。」

「嗯，這樣說是沒錯啦……」

糟了，我頓時說不出話來。

日葵對我打氣似的說聲「不要一臉陰沉的樣子啊！」並拍了我的屁股。

「我得成長到未來足以養活悠宇才行呢♪」

「為了不讓未來演變成那樣，我真的會努力。」

那不就是小白臉了嗎……

跟日葵道別之後，我便前往科學教室。

雖然有點寂寞，但我也會尊重那傢伙的心意。

而且也跟榎本同學討論好未來的方針了。

（……好。開工吧。）

我抵達科學教室。

就在我要打開門鎖時，榎本同學也剛好來到這裡。

「咦？榎本同學，今天有什麼事嗎？」

「這是校慶販售會的數據。我整理好了，你有空再看看吧。」

「哇啊！謝謝妳！」

我接過彙整得相當整齊的資料表。

哦哦，就連客戶資料跟販售傾向之類的內容都整理得很詳盡。真不愧是榎本同學，根本看不出來是外行人做的……

榎本同學環顧了四周。

「小葵呢？」

「啊，不。她應該已經不會再來這裡了……」

榎本同學感覺興趣缺缺地說聲：「是喔。」

我從她這樣冷淡的態度中看不出真意，不禁說溜嘴了。

「啊，對了。兩星期後，我會跟日葵去賞楓。」

「……哦。這樣啊。」

啊，糟了。

我本來以為榎本同學也會想一起去……

「你們就好好去享受約會吧。」

「咦？啊……嗯。謝謝。」

沒想到很乾脆地退讓了。

……換作是平常的榎本同學，絕對會說想要一起去吧。

「那我就去管樂社了。」

「嗯。謝謝妳整理的資料。」

榎本同學從容地揮了揮手就轉過身去。

但她走到一半又停下腳步回過頭來。

「小悠。直到下個月聖誕節之前，你有什麼安排嗎？」

「聖誕節？」

突然拋來的話題讓我歪頭感到費解。

這麼說來，下個月就是聖誕節了啊……這半年來發生太多事情，讓我覺得沒什麼實感。

但當天的安排已經決定好了。

「聖誕節我會跟日葵一起過。在那之前就跟平常一樣製作飾品吧。我想先整理花壇，準備春天要販售的飾品會用到的花。」

最近一直都是跟新木老師買花來做，這次我一定要用自己種的花製作飾品。

結果榎本同學喃喃說了「是喔」，並給了出乎意料的提議。

「如果你在聖誕節之前有時間的話，要不要來我們家打工？」

「榎本同學家嗎？」

去蛋糕店打工？

難道是要我穿上那個可愛的圍裙接待客人？

也太不適合了吧……見我自顧自地表現出消沉的樣子，榎本同學儘管有點傻眼還是繼續說：

「今年我們家打工的人手有點不夠。我想說小悠雙手還滿靈巧的，如果可以去幫忙媽媽就好了。」

原來如此，是內場啊。

「我是外行人耶……」

「蛋糕體跟鮮奶油之類當然是由我們自己做，但想請你幫忙做最後的裝飾。我想你應該只要學一個月左右就會了。」

「把這麼重要的環節交給我處理沒問題嗎？」

「應該會比從現在開始教在我們這邊打工的人還要安心吧。」

是這樣嗎……

我試想了一下。去蛋糕店打工……而且還可以學到一項技術。平常不太會有這樣的機會，何況得到點子說不定還能活用在製作飾品上。

也可以請教更加實用的販售準則……

「好啊。既然能同時兼顧花壇，請務必讓我幫忙。」

榎本同學鬆了一口氣般點點頭。

「嗯，太好了。相對的，平安夜當天會以小葵為優先吧？」

「這……對。」

「沒關係。既然小悠都決定了就好。反正聖誕蛋糕的訂單，基本上到前一天就會處理得差不多了。」

榎本同學說著「那我再去跟媽媽說」，這次就真的前往管樂社練習了。

「去蛋糕店打工啊……不知道暑假有在那邊短期打工的日葵是不是也會去做？」

日葵說暑假時打工得很開心，既然有這樣的機會，或許還是兩個人一起做比較好。而且下班後一起去吃個飯之類的也不錯，很有交往的感覺。

只要能賺到一點錢，寒假也能一起出去玩，除了飾品之外應該也能讓日葵滿意才是……

我立刻拿出手機，準備傳訊息給日葵……

「…………」

……這是我的壞習慣。日葵已經選擇了戀人身分的生活。照我的個性看來，很有可能又會專注於打工而無法顧及日葵。

思及此，我伸手敲了一下自己的頭。

我不能再拋下日葵不管，也不能再讓她感到寂寞。但為了日葵，我也想賺點零用錢……

「……總之先讓日葵同意我打工的事情吧。」

我立刻用ＬＩＮＥ傳送了訊息，並只針對這件事情詢問日葵的意見。

♣ ♣ ♣

兩星期後的星期六。

也就是賞楓當天。

到了中午左右，我跟日葵搭著小轎車上山。

坐在後座的日葵精神飽滿地大喊：

「耶～！兩天一夜的賞楓周遊行出發啦～！」

「竟然真的變成要過夜了……」

「嗯呵呵～難得在賞楓期碰上三天連假嘛～找哥哥商量之後，他就說『當地有那麼多景點可以逛，只去一個地方應該不過癮吧？』呢～我們就順便在那附近繞一圈，盡情享受觀光樂趣吧～！」

「我是覺得很開心啦……」

駕駛座的雲雀哥神情柔和地笑了笑。

「哈哈哈。既然咲良也同意了，現在就盡情玩樂吧。」

他今天是一身高領針織上衣搭配卡其褲的假日休閒風格。從單品來看，穿的衣服明明跟我相去無幾，但為什麼穿在雲雀哥身上，感覺就會像UNIQLO的廣告一樣帥氣啊？

「占用你寶貴的假日，真是不好意思。」

「別這麼說。我也需要洗滌一下生命嘛。」

「能聽你這樣說就太好了。啊，是說工作方面……」

雲雀哥的一口潔白牙齒露出閃亮的光芒。

「需要準備在連假過後的會議上會用到的資料大約三十張，但全丟給後輩處理了♪」

「是我白問了呢。不好意思……」

「那真的是一場很重要的會議呢。如果資料沒有及時完成，這兩年來的工作成果都會化為泡影。呵呵，是個可以看出後輩成長的絕佳機會。」

「聽起來插滿了旗標……」

呃，應該真的沒問題吧？

當我心裡湧現不祥的預感時，後座的日葵探出頭來。

「討厭啦，哥哥！你跟悠宇曬恩愛過頭了！」

「妳閉嘴。今天是我獨占悠宇的日子。還有，接下來的道路會變窄。妳這樣太危險了，給我繫好安全帶。」

「就算你這樣講……」

「咯咚」一聲，車子突然晃了一下。

……喔喔，感覺好像壓到什麼東西了。

「雲雀哥，剛才那是？」

「應該是壓到落石了吧。我也太不小心了，竟然沒有注意到。」

回頭一看，只見日葵在後座扭來扭去。

「小、小到……和頭……！」

「妳說什麼？」

雲雀哥嘆了一口氣。

「妳就是在那邊胡鬧才會咬到舌頭吧。我就叫妳繫好安全帶了……」

車子在沿著河川的狹窄道路上開了一陣子。

車道很多處都只有一台車的寬度，對向會車時也要花上好一番工夫。再加上是山路，路況也不是很平整的樣子。

「我只知道是觀光勝地，沒想到是這種像祕境一樣的地方呢。這種地方確實沒辦法一天就全部逛完……」

「對啊。我也只聽人家說過，但還是第一次自己開車過來。媽媽好像來過這裡好幾次，幸好有聽從她的建議借了這台車。」

「所以今天才不是開平常那台進口車啊。是說郁代阿姨也是來這邊賞楓的嗎？」

雲雀哥露出親切的微笑。

「畢竟這裡是大自然的強者們居住的地方嘛。」

「啊，原來是這樣……」

我回想起之前看到的扛著獵槍的郁代阿姨。

明明是大自然如此美麗的場所。妳跟我即使身處同樣的地方，見到的卻是不同的世界嗎……呃，又不是什麼感人肺腑的J-POP歌曲。

繼續前行了一陣子之後，狹窄的車道旁邊出現成排老屋的光景。

「這一帶沿著山路有很多漂亮的石牆呢。」

「畢竟是傾斜的土地，所以蓋房子時才會堆起石牆吧。整片的梯田也很美，這裡還被選為日本梯田百景之一喔。」

「我們住的這一帶，其實還滿多這種景點的呢。」

一路聊著這些話題，最後總算抵達了目的地。

「悠宇。這裡就是第一個觀光景點喔。」

「哦～！」

「好美……」

見立溪谷。

這裡是堪稱縣內第一的賞楓勝地。

將寬敞溪流的兩側染得一片鮮紅的楓樹美不勝收，隨風飄落的景象更是堪稱風雅。

放眼望去，同樣趁著楓期前來賞楓的觀光客也很多。我們將車子停在停車場之後，眺望著這片絕景。

「太美了吧。我還是第一次看到楓葉這麼密集的光景。」

「嗯～真的很美。要是再晚個一星期，楓葉說不定就掉光了。真的是絕佳時機。」

雲雀哥這麼說著……但不知為何卻踉蹌了一下。我連忙撐住他的身體，他則是苦笑著說句「抱歉了」。

「……呼。好，那我就去楓葉少一點的地方等你們。欣賞完之後再聯絡我吧。」

「咦？雲雀哥不一起賞楓嗎？」

「呵。我本來也是這麼打算的啦……」

這時我注意到了。

雲雀哥的臉色很差。難道是身體不舒服嗎？

很有可能。雲雀哥是個大忙人。為了空出今天的時間，說不定相當勉強。讓他這樣配合我們任性的要求，真的很過意不去……

當我認真擔心起來時，雲雀哥「呵」地微微一笑。

「只要看到楓葉（註：日文漢字是「紅葉」），就會莫名想到那張臉呢。這似乎讓我不太能保持冷靜啊。」

「東京那個壞姊姊未免留下太深刻的心理陰影了……」

來賞楓卻變成這樣的事例也太罕見了吧。

目送冒著冷汗的雲雀哥開車離去之後，我跟日葵決定先在這附近隨處晃晃。

「雲雀哥那副樣子有辦法撐到明天嗎……」

「誰知道？不過哥哥應該會憑著意志力撐過去吧？」

停車場附近有一處廣場，我們先在那裡拍了紀念照。每當這個時節，這裡好像也會舉辦一年一次的祭典活動。

而且那片廣場真的太厲害了。

其他地方應該都鮮少能看見像這樣整片大地都鋪滿楓葉的光景。

「看起來就像鮮紅楓葉的地毯一樣……」

「漂亮到這種地步，會讓人很想躺上去耶～」

「真的！」

好想躺！好想留下我躺成大字形的證據！

見我有些蠢蠢欲動的樣子，日葵面帶苦笑地把我拉走。

「來～旁邊還有其他人在，不可以做出那種給人添麻煩的事喔～」

「咕唔唔……」

她說得很對，所以我也乖乖跟著她走了。

不愧是觀光景點，在橋的旁邊設有周遭的散步地圖。根據那個看來，河川沿岸好像有一段從這裡出發的健行步道。

「哦。路線是沿著河岸繞一圈啊。」

「全長三公里……大概走個一小時左右吧～？」

「畢竟是山路，應該會走得更久一點……總之就去看看吧，如果覺得難走再折返就好。」

一邊說著，我們就此踏上健行步道。這條路線是沿著夾在山跟河川之間的步道行走。

穿過兩側染紅的楓葉底下往前走的光景，簡直就像通往桃花源的入口一樣。

「太美了吧。這真的是絕景耶！」

「我還是第一次看到悠宇像這樣拚命拿起手機拍照耶～」

不不不，這當然要拍啊。

朝著對岸的道路看去，只見那邊同樣衝著楓葉而來的愛好者也都抱著相機。還有人帶著專業配備前來，讓我不禁感到憧憬。

我一邊參考人家的拍攝角度，拍下日葵在楓葉底下以清澈天空為背景的照片。

「哇啊——！我拍到超厲害的照片了！」

「拍得真好啊。感覺就像楓葉從天空飄落下來一樣……」

「感覺像是電腦內建的桌布。」

「也太沒情調……」

我跟日葵並肩走在美麗的溪流與楓葉交織的絕景當中。

「溪流這麼澄澈，倒映在水面上的楓葉也很漂亮耶。感覺就像河裡有楓葉一樣。」

「嗯呵呵～♪」

「日葵？怎麼了？」

「照悠宇的個性看來，肯定在想著要把這樣的楓葉做成飾品吧～♪」

「喔……」

楓葉緩緩飄下，剛好落在日葵頭上。我拿起那片楓葉，再次為這樣的美麗感到動容。這麼漂亮的楓葉，如果可以做成飾品確實會讓人覺得很開心……

「確實是有這麼想，但今天就算了。」

「咦？算了嗎？很少有這麼漂亮的楓葉喔。」

「我也沒帶採集容器那些的。而且……」

我對日葵笑著說：

「今天是以戀人的身分跟日葵出來玩。興趣方面的事就下次再說吧。」

「…………」

結果日葵……

整張臉突然紅了起來。

「噗呀啊——！怎樣怎樣，不要突然磨練起討我歡心的技巧啦～！很害羞耶，討厭～！」

「好痛好痛好痛。妳才是不要打這麼用力……」

就算要掩飾害羞，能不能改成感覺更可愛的方式啊。這傢伙的攻擊力雖然很高，但防禦力依然像是紙糊的一樣。

當我想著「真沒情調啊」的時候，她突然握緊我的手。

日葵的手指開心地加重了力道。

「噗嘿嘿♡」

「這、這裡是山路，很危險耶。」

「奇怪了～？悠宇同學，明明是你自己發動攻擊，卻像個小廢物一樣禁不起反擊嗎～？」

「吵死了。怕妳喔。要是跌倒我可不管喔。」

「到時候我會壓在悠宇身上所以沒關係♪」

「情調……」

我們來到一處楓葉的色澤格外鮮豔的地方。

森林朝左右敞開，形成一處天然的廣場。如果帶野餐墊之類的東西過來，在這裡吃便當的感覺好像也很棒。

「哦～這裡更美耶……」

「悠宇，再拍一次吧？」

「好啊。拍幾次都好。」

「嗯呵呵～既然要拍，就想拍出可以留下紀念的照片呢～」

「咦？怎樣的照片都好吧？」

「哎呀哎呀。你就當作被我騙了嘛。」

日葵靠過來嘟嘟噥噥地提議。

「咦，真的假的？」

「真的♪」

以楓葉為背景，我們的手併在一起比出「♡」。

「…………」

咕嘩啊……！

竟然選這麼難為情的手勢。我的生命值感覺一口氣減少了不少。

但日葵心情很好地笑著，並拿好手機。

「我們兩個要永～遠都不褪色喔♡」

「喔～……」

這張照片拍得很好。

鮮豔的楓葉跟日葵愉快的模樣呈現出來的漸層變化相當絕妙。雖然我的嘴角有點僵，但這就沒轍了。

這種時候只要日葵可愛就好。男人的表情一點都不成問題。

（反正日葵玩得開心才最重要。）

自從在校慶上說她要退出「you」之後，我就一直擔心日葵會不會很消沉。

但她看起來也很享受戀人生活，讓我明白自己是杞人憂天了。往後只要我當個好男友，應該就沒問題了。

隨著這個新的決意，我便握緊拳頭。

「我身為男朋友，往後也一定要好好珍惜日葵。」

「…………」

咦？

總覺得日葵用很嚇人的表情看著我。

「咦？怎樣？」

「……悠宇，你應該是把心聲講出來了。」

我僵在原地好一陣子。

然後因為這個剛出爐的熱騰騰黑歷史而懊悔不已。

「……我們也該走快一點了！山上的天氣說變就變嘛！」

「也、也是呢！啊哈哈……」

在那之後，我們就在尷尬的氣氛下繼續在健行步道上前進。

順利走完一圈的時候，原本在頭頂正上方的太陽已經稍微往西移了。楓葉的樹影也比剛才拉得更長。

「結、結果走了兩小時……」

「山路果然很險峻呢～還好我們有早點出發。」

「雲雀哥會不會等得不耐煩了？」

「在那之前如果沒有因為紅葉姊的詛咒而讓生命值歸零就好了～」

感覺不像是玩笑話，才顯得更惡質。

當我拿出手機準備要打電話給他時，才忽然發現一件事。

「日葵，沒訊號……」

「哇啊——！連一格都沒有！」

真不愧是祕境……

如此一來也只能用走的回去了……正當我們在尋找有訊號的地方時，眼前就有一台小轎車開了過來。

駕駛座上的當然是雲雀哥。

「雲雀哥！」

「哥哥，時機抓得太好啦～！」

雲雀哥打開駕駛座的車窗，並拿下墨鏡露出一口耀眼的潔白牙齒。

「我發現這一帶好像收不到訊號，就跑過來看看。時機似乎剛剛好呢。」

「謝謝雲雀哥。我們才剛從健行步道回來……嗯嗯？」

雲雀哥還是一臉鐵青的樣子。

他感覺很痛苦地沉吟，同時打開副駕駛座的車門。

「悠宇。快上車……」

「我、我知道了！」

連忙上車之後，車子很快就開了出去。

一旦離開楓葉很多的地方，他的身體狀況好像就稍微恢復了一點……呃，紅葉學姊的詛咒未

免太強了吧？高中時的情侶失和就會變成這樣嗎？簡直是地獄……
「雲雀哥。我看還是放棄賞楓周遊行，今天直接回去比較好吧……」
「不，要繼續玩下去。別擔心，只要在旅館休息就能恢復了。」
「但要是影響到下星期的會議也不太好吧。啊，來到這裡的途中有個休息站，聽說翻新過後變得很漂亮。咲姊說這個季節的栗子霜淇淋很好吃，不然就去那裡吃點好吃的東西……」
「悠宇，我知道你是在為我著想。但我非得玩到最後才行！」
講得有夠悲壯。
賞楓是要像這樣拚命去做的事嗎……？
「雲雀哥。你為什麼要做到這種地步……？」
「…………」
雲雀哥的表情相當認真。
他嘆了一口氣，隨後平靜地娓娓道來。
「悠宇。你聽我說件艱深的事。」
「呃，好……」
「世界是由合理化所構成。如果過度採伐森林就會造成災害，金錢的流動則會讓經濟活絡起來。」

「確實是滿艱深的事，但說到這裡我還算能明白。」

我不懂的是為什麼現在要談論這個。

「換句話說，如果只有加重單方面，就會演變成打破世界平衡的局面。與此同時，也會成為世界崩壞的開端。」

「這、這樣講或許也沒錯……」

「為了世界和平，我覺得此時此刻就有必要讓事情合理化。」

「呃，喔……咦，所以現在到底是在講什麼？」

雲雀哥摘下墨鏡。

接著露出幾乎能擄獲世界上所有女性的極致笑容。

「暑假時，雖然只是順勢發展成那樣，但那個惡質魔女還是跟悠宇一起過夜了。如果我辦不到一樣的事情，就會輸給紅葉了吧？」

「面帶帥氣的笑容到底在說什麼啊……」

原來如此，我明白他的動機了。這個人是在跟我出來玩的同時，燃起了對紅葉學姊的對抗意識。高中時的情侶失和的怨念也太深了……

當我感到意志消沉時，坐在後座的日葵說：

「哥哥。比起那種事，今天晚上的房間是怎麼分的啊？我當然是跟悠宇同房對吧～？」

「妳在說什麼？我只訂了一間房喔。」

「咦？哥哥也要睡同一間房喔～？天啊～好討厭～」

「蠢妹妹。當然只有我跟悠宇一起睡。」

「……那我呢？」

雲雀哥毫不在意地說：

「妳睡車上。」

「太殘忍了！」

難怪後面會放了一組睡袋。這絕對是因為紅葉學姊才遷怒到她身上吧……

而且不知為何，我也一起被牽扯進去了。

「那悠宇也跟我一起睡車上吧！」

「那實在有點……」

「討厭！再這樣下去悠宇的貞操會面臨大危機喔！」

「誰啊？欸，到底是誰會奪走我的貞操？」

「你這個可惡的戀愛喜劇男主角——！」

「夾在女朋友跟她哥哥之間算是哪門子的戀愛喜劇啊……」

就算是全方位總受也太過頭了吧。

結果是雲雀哥替日葵再訂了一間房。

總之，下次見到紅葉學姊時一定要跟她抱怨一下……

♣ ♣ ♣

到了完全入夜的時候。

我們在位於高千穗的某間旅館辦理了入住手續。

據說這裡是以花卉為主題的住宿設施。一如旅館打出的這個賣點，裡頭到處都裝飾著漂亮的花朵。

淡淡的橙色燈光打在入口處的地爐跟紅色的欄杆上。由於外觀看起來就像是普通的民宿旅館，沒想到室內裝潢得如此高雅。

在這樣的旅館的特別房內，我感動到扭來扭去。

「竟、竟然還有這樣的私房旅館……！」

雲雀哥一邊喝著熱茶一邊開朗地笑了。

「你喜歡真是太好了。這也是媽媽推薦給我的。雖然建築物比較老舊，但價格不會太貴，料理也很好吃，服務更是周到。而且地點也不錯。」

「更重要的是花都很美呢。我真想一輩子住在這裡……」

「哈哈。悠宇真是意志堅定啊。」

我們開心地聊著男人間的話題，這時雲雀哥忽然朝隔壁房間的方向看去。

在這面牆的另一頭，日葵應該是自己一個人悠悠哉哉地占據整間房間。而且說不定她已經睡了。

「悠宇。聽說你跟日葵決定要以戀人身分相處下去是嗎？」

「啊……對。」

我還是第一次這麼鄭重其事地跟雲雀哥談起這件事。

之前一直覺得有點尷尬。

一直以來，我跟日葵以命運共同體身分進行飾品相關的活動時，雲雀哥幫了我們很多。以現況來說，他就算覺得我們沉迷於戀愛也不奇怪，因此我不禁感到有些愧疚。

但雲雀哥卻沉穩地說了下去。

「你對此不會感到後悔嗎？」

「不會，這是當然的。」

面對這個問題，我明確地給出回答。我們的關係雖然有點像是順勢就改變了，但我也是真的喜歡日葵。

雲雀哥點了點頭。

「這樣啊……不，你別誤會了。既然這是你們決定好的道路，我也不會多加干涉。如果對『you』的活動造成影響，我也會提供協助。」

「謝、謝謝雲雀哥……」

他大概是認真的吧……

當我感受到過度保護的壓力時，雲雀哥就嘆了一口氣。

「我只是有點擔心啊。」

「擔心？」

「即使成為戀人，我也不覺得日葵會就此安分下來。」

「具體來說呢……？」

雲雀哥聳了聳肩。

「她那個人最喜歡打破自己訂下的規矩吧？我很擔心以後是不是又會引發什麼麻煩，給悠宇造成困擾……」

「啊～這倒是……不過那也是日葵的優點喔。」

「哈哈。悠宇真是寬容啊。換作是我，大概已經想過一百萬次讓她下地獄了。」

「咦，這是在開玩笑吧？」

「…………」

「是開玩笑的吧！」

雲雀哥笑了笑。好像被敷衍過去了……

「所以我也決定了……我再也不會干涉日葵的行動。『you』的活動應該可以放心交給凜音，以後我只要貫徹旁觀者的立場就好。」

「喔……」

「所以說呢，悠宇，我希望你能比之前還更為日葵著想。」

「比之前更為她著想……？」

雲雀哥的表情變得認真了一點。

他撇開視線，並伸手托著下巴。看起來就像在謹慎地思慮言詞……雲雀哥很少會採取這樣的態度，這讓我也跟著端正了姿勢聽他說下去。

「當日葵快要犯錯的時候，希望你可以替我告誡她。這就是我給你的最後一個課題。為了你們的未來，絕對有這個必要。」

「…………」

聽了這句話，我便垂下雙眼。

我明白這句話的意思。我們過去為了販售飾品而成了命運共同體。那就某方面來說，也像是我在依存日葵的關係。

能填補我不足之處的，就是名為日葵的存在。日葵對我有恩，我們再怎麼說也是朋友，這方面依然維持著扭曲的平衡。

但既然成為戀人，就得對等相待才行。不然就不能說是一段健全的戀人關係。

日葵應該也是因為明白這點，才會在成為戀人之後決定退出飾品販售的團隊吧。與此同時，更允許了我將時間花在飾品上。

雲雀哥對我強調地說：

「只是一味地寵愛對方，並不是真正的愛情。知道嗎？」

「……我知道。」

我重重地點了點頭。

並細細反思這段對話，讓自己銘記在心。

雲雀哥放心地笑了。

「反正等你正式成為我的弟弟（妹夫）時，再盡情寵我就好嘍♪」

「氣氛都沒了……」

呃，我知道他是為了緩解這樣的氣氛啦……咦，應該是為此開的玩笑吧？

總之，他的這份體貼讓我為之動容。

雲雀哥雖然笑笑的，但感覺有氣無力的樣子。記得他說那是花兩年準備的工作對吧……

「那個後輩經常發生這樣的事。我很看好他認真又優秀的工作表現，就是運氣不太好呢。比起說是笨拙的人，應該說天生不幸吧。不過人沒受傷真是太好了。」

「現、現在要怎麼辦？那是很重要的資料對吧？」

根據雲雀哥的說法，那好像是下星期的重要會議上必備的東西。

「只要有數據，要再做出那份資料本身倒不是難事……」

「但那個ＵＳＢ隨身碟也沒了吧？」

雲雀哥嘆了一口氣。

「……不，數據倒是有。」

「咦？」

他將自己的包包拿過來打開。

裡面收著一台薄型筆記型電腦。

「就在這裡。」

「哇啊……」

我的天啊。

那不就代表……

「人在這裡還是有辦法工作啊！」

「什、什麼——！」

我似乎啪嚓地看見一道閃電的幻覺。

不愧是能幹的社會人士。

竟然隨時都能因應緊急狀況採取行動……我也有成為這麼了不起的大人的一天嗎？

雲雀哥在桌上做好準備之後對我說：

「悠宇。不好意思，能請你先去日葵的房間玩嗎？」

「咦？如果會害你分心，我可以現在就睡覺……」

雲雀哥搖了搖頭。

接著浮現悲切的笑容——臉頰還有一道清淚滑落。

「我不能讓你看到我這副德性……」

「你平常究竟都在做什麼樣的工作……？」

這個人是在市公所上班對吧？應該沒有其實是黑社會「清潔工」這種事吧？總覺得他的雙眼布滿血絲，背後好像還能看見一對散發不祥氣息的翅膀耶。他是躲藏於現代的魔王嗎？

雲雀哥變回普通人類之後，開玩笑般笑著說：

「那是開玩笑的啦，但畢竟情況緊急，電話應該也會很多。說不定會妨礙到你睡覺。工作處

理完之後，我會再打電話跟你聯絡。」

「啊，原來如此。而且我也可能會妨礙到你嘛……」

「對我來說，如果你可以穿上啦啦隊服裝替我加油倒是比較提得起幹勁……」

「誰會想看一個大男生扮演啦啦隊啊？？？」

不得了。雲雀哥的大舅子玩笑比平常還要混沌許多。事態恐怕真的就是如此迫切吧。

我用手機傳了訊息給日葵之後，她立刻就回覆了。幸好她還醒著。

「那我就去日葵的房間打發時間。」

「嗯。抱歉了。」

當我站起身時，雲雀哥突然拿了某個東西給我。

「啊，對了。你還沒洗澡吧？拿這個過去吧。」

「咦？謝、謝謝。」

怎麼提到洗澡？這會是什麼啊？難道是衛浴用品之類……如此心想的我就接了過來。

結果是跟雲雀哥成套的睡衣。

「即使分隔兩地，也不要忘記我的溫暖喔！」

「實在不知道該作何反應啊……」

洗完澡換上女朋友的哥哥給的衣服是怎樣？不是男友襯衫，而是大舅子襯衫嗎？

我逃也似的換了房間。

敲了敲房門，等她應門之後這才踏入房間。

「日葵，不好意思喔。」

「沒差啦～而且也是我哥哥害的啊，沒關係～」

日葵躺在床墊上滑手機，一雙腳也晃來晃去的。看來房間太大反而沒事做。

「日葵。妳這裡的室內浴池可以借我用嗎？」

「好啊～請慢用～」

身上穿著毛茸茸的睡衣，全身也散發出暖呼呼的熱氣。看來日葵似乎已經洗好澡了。

我也來享受一下檜木浴池吧。

畢竟是家庭式浴池，這裡並不像犬塚家的那麼寬敞，但還是具備旅館特有的風情，洗起來非常舒服。我悠哉地伸直雙腳。

「哎呀，真的得好好感謝雲雀哥……」

好舒服，簡直是天堂……一邊說著這種宛如大叔的感想，我悠哉地呼了口氣。

然後一邊吐出泡泡一邊沉浸在檜木浴池裡。

直到沒氣了，這才「啪唰」地衝出水面。

「現在跟日葵兩人獨處，是不是很不妙……！」

我「唔喔喔喔喔！」自己一個人扭來扭去。雖然很噁心，但我實在沒有顧及這麼多的餘地。

晚、晚上跟女朋友在外宿的房間裡兩人獨處……跟榎本同學那時不同……

這麼說來，以前都很理所當然地一起行動，但從來不曾外出過夜吧。

是有去日葵家叨擾過幾次，不過晚上也都是睡在不同房間……

「雖然也只是待到雲雀哥處理完工作而已……但說穿了，他那個今晚有辦法解決嗎？」

我對社會人士的工作一點頭緒也沒有，但他說過資料多達幾十張。也就是說，今晚很有可能是我跟日葵一起過夜。

（終於要跨越最後一道界線了嗎……）

不不，等一下。

這個狀況不但出乎意料，就算是日葵也不至於想那麼多吧……

不不不不。她可是魔性之女喔。可不像我這樣，應該很習慣跟男生相處，區區如我怎麼可能有辦法看穿她的行動……

呃，不可能啦！不如說至今為止只到接吻而已，突然就擔心起這種事的我也太噁心了……

「好，沒事！今天玩得滿累了，她說不定很快就會睡著……」

我一邊做出結論一邊從浴池中起身。

但就在我將手擺上室內浴池的門把時，又突然停下了動作。

「……還是再洗一次身體好了。」

不，我這可不是有所期待喔。

畢竟今天走了那麼多山路，還是洗得仔細一點比較好吧。要是渾身汗臭味也很討厭。

換上大舅子襯衫，我這次總算走出浴室。

房內感覺格外安靜，日葵說不定已經睡了……唔！

不知不覺間，擺了兩組床墊。

日葵抬頭朝我看了一眼，又像是有些尷尬地撇開視線。她的臉頰紅通通的，就連眼睛好像都帶著濕潤的水氣。

……咦？不是沒有那種事嗎？

「悠宇。哥哥應該還要花點時間吧……？」

「呃，喔……」

為什麼要確認這件事呢？

我的心跳自然地加快。咦，真的嗎？這真的是真的嗎……？

日葵撐起身體時還若無其事地交疊雙腳。從毛茸茸的睡衣短褲中，可以窺見洗完澡的水嫩大腿。

不行，我忍不住嚥下口水。這應該不會被她聽到吧？而且心臟真的狂跳到不行。再這樣下去

好像都要炸開了。

日葵的臉頰上泛起淡淡緋紅，並露出別具深意的笑容。

她應該是看穿我感到緊張了。散發出不愧是人稱魔性的性感魅力，讓我的反應不禁變得十分僵硬。

「那麼，悠宇……」

「唔，喔……」

引領著經驗不足的我，日葵先起了頭。雖然有點沒出息，但根據過往的經驗，我知道現在就算故作從容也不會有什麼好下場。

是說，真的要做嗎……？

不管了，怕什麼。做出覺悟啊，夏目悠宇。

我都已經決定要讓日葵得到身為戀人的幸福了！

這時，日葵擺在身後的手拿出了某個東西。

是Switch。

日葵露出滿臉的燦爛笑容說：

「來玩寶可夢吧！」

「喔～……」

這麼說來，前陣子出了新作品啊……

也不知道我直直降到冰點的情緒，只見日葵雀躍地按下Switch的開關(Switch)。啊，這裡是搞笑雙關語喔。

「哎呀～之前都過著以製作飾品為重的生活，我就儘量少玩這種會沉迷的遊戲的說～♪」

「如果利用瑣碎的空閒時間玩，確實會永遠都玩不完呢。」

「而且也有哥哥帶來的iPad，今晚還能電影看到飽耶。」

「早知道也準備一點宵夜就好了……」

看樣子已經決定好完美的熬夜計畫了。

明天也要去賞楓的說……雖然這麼想，我也沒有特別反對。看著日葵如此一如往常的態度，說穿了我甚至感到心安。可、可別誤會嘍，我才沒有抱持什麼期待呢！所以說這是在對誰耍傲嬌啊……

「來，悠宇。你玩♪」

「馬上就全部丟給我啊。」

「因為人家現在想看別人玩嘛～」

「是會有這種時候啦……」

用雲雀哥的iPad放電影的同時，我們在床墊上玩起遊戲。

嗯——這段時間多麼和平啊。應該說如果日葵有那個意思，老早就會變成那樣了。哎呀，莫名擔心了一下，就像個笨蛋一樣。

「日葵，御三家妳要選哪隻？」

「啊，火的那隻最後會變成美女很棒。」

「還沒玩就先看維基，妳真是現代小孩耶……」

不，真的是一如往常。

我們的互動確實是跟平常一樣啦……

「……日葵，妳為什麼要趴在我身上？」

我趴在床墊上玩遊戲，然而日葵從剛才開始就用一樣的姿勢趴在我身上。日葵一邊在我肩上看著Switch的螢幕，一邊得意洋洋地說：

「這就是祕技，恩愛情侶看起來很性感的姿勢。」

「世間那些閃婚的情侶難道都在做這種事嗎……」

「婚禮就辦在國道旁邊交通便利的那間教堂吧～♡」

「選擇基準也太真實了拜託妳別這樣……」

儘管聊著這種事，我的心臟還是飛快地跳個不停。

背上傳來日葵的柔～軟觸感。每當她說話時，洗完澡的溫熱氣息就會灑在我耳邊，這可是會讓青春期的男生大喊「呀啊～」的舉動。

「那個，日葵同學。可以請妳離開一點嗎？」

「咦～？為什麼～？」

「妳自己也心知肚明吧……」

「哦，這個反應很不錯耶～看來已經不能再被班上同學說是遲鈍型主角了呢～♪」

「等等。大家竟然用那種綽號叫我嗎？欸，這件事真的拜託詳細說一下。」

再也忍受不了的我「嘿！」地撐起身體，結果日葵就滾了下去。

「悠宇，你幹嘛突然這樣啦！」

「少囉嗦。妳捫心自問啦。」

為了冷靜下來，總之我想先喝杯水。當我要走去冰箱並站起身的時候，一不小心絆到腳，整個人跌在日葵身上。

「好痛……咦？」

日葵的臉靠得好近。

我整個人僵住時，日葵的臉也紅了起來。

「上學期在科學教室裡，也像這樣被悠宇撲倒了呢♡」
「如果我沒記錯，應該是我被妳拉著倒下去才對。」
「嗯呵呵～悠宇也真是的，被我搬出黑歷史就太過動搖而竄改記憶了嗎～？」
「妳不要每次講到對自己不利的事時，就裝成澈底無法溝通的人好嗎……」
我大嘆了一口氣。
竟然傾注了這麼多熱情就只為了整我到這個地步，反而令人佩服。
「聽好了，妳或許覺得現在是可以『噗哈』我的絕佳時機，但明顯到這種程度，我怎麼可能還會上當……咦？」
突然間，日葵用認真的語氣說：
「悠宇，我問你喔。」
「怎、怎樣啦……」
日葵接著語帶遲疑地問：
「你該不會後悔……跟我交往了？」
「…………」
這是這幾個月來，偶爾會在腦海中一閃而過的事。
校慶前跟咲姊談過之後，也讓我想了一下。所以我意外順利地給出了自己的回答。

「我確實是會懷念以前那樣的關係。有時候相處起來不用顧及太多的關係也比較輕鬆。而且也想過『這樣的關係』應該要等我更有自信時再說……」

我直直注視著日葵的雙眼。

好好排解日葵這樣的不安，想必也是身為戀人的職責。

「但是，我喜歡日葵。所以我絕對沒有後悔。拜託妳相信這一點。」

「…………」

日葵輕輕伸直了雙手。

她緊緊抱住我的身體開心說道：

「悠宇。我也喜歡悠宇喔♡」

「呃，喔。謝謝。」

這反應讓我覺得「天啊好可愛……！」，害我不禁做出有些冷淡的回應。我的戀愛等級果然跟小學生有得比。

日葵在我耳邊像在輕咬一樣低語：

「從今以後也不要離開我喔。」

「嗯。我會緊緊抓住日葵。」

……換作之前，就會從這裡冒出「噗哈～！」了。

如果這種讓人想一直沉浸在其中的甜蜜幸福就是戀人的特權，我果然還是覺得這樣比較好。

◇◇◇

——滴答，天花板上的水珠滴落到浴池裡。

我一邊泡澡一邊「噗嘿！」地細細品味著這份幸福。然後「呀～」地自己一個人扭來扭去。

這種感覺很棒耶！完全是戀人的感覺！就連我也沒辦法在那樣的氣氛中「噗哈」出來。原本以為悠宇會害羞到逃走，沒想到他還是全盤接受了！

噗呵呵。戀人果然不一樣。就是有著摯友體會不到的獨一無二的幸福啊。雖然對榎榎有點抱歉，但我絕對不會放棄這段關係呢！

我們窮極了戀人的關係。

悠宇想必也抱持著同樣的心情。

我確實有感受到變化。只要我在悠宇心中占據愈大的分量，他就會愈無法忍受在「you」當中沒有我的生活。

接下來只要靜待悠宇坦率地對我說「能不能請妳重回『you』呢？」就好。但悠宇是個固執

的人嘛。想必也會因為對榎榎過意不去而有所顧慮，應該很難主動開口吧。

這時候我就得好好誘導一下才行。真是的，悠宇從以前就這麼天真，一旦沒有我在身邊就什麼都做不到啊～

總之這項作戰進行得很順利，現在就來享受今晚的幸福時刻吧～！

「我看啊～哥哥的工作感覺就做不完，今晚就來盡情玩弄悠宇的睡臉吧～♪」

我溫暖了身體之後便離開浴池。

就在要離開浴室的時候——我忽然朝浴室裡的鏡子看了一眼。

我的臉上一點笑容都沒有。

……咦？

這是怎樣？帥氣到嚇死人耶。甚至還有種冷酷的氛圍。感覺好像有在哪裡見過耶～……啊，這是哥哥偶爾會露出來的表情。天啊，好可怕。

奇怪了～？

怎麼會這樣呢～？我現在明明就覺得這麼幸福耶。要說是戀人關係的高峰也不為過吧？

即使如此——

「我為什麼會覺得……這麼心寒呢？」

不夠滿足。

剛開始交往的時候當然是超開心又快樂到好像一年四季都是盛暑，但隨著時間的流逝，我也不得不產生自覺。

我一直覺得沒有得到滿足，還想追求更刺激的東西。

那要是覺得不會再更幸福的話，又該怎麼辦？

要如何溫暖心中的這股寒意才好呢？

III

「微小的幸福」

♣ ♣ ♣

結束賞楓之旅，來到連假後的第一個平日。

但要去上學這件事讓我感到相當緊張。

我的煩惱就源自於日葵的反應。

只是成為戀人而已，就變得那樣甜蜜。

既然現在更加深了彼此的關係，到底會有怎樣的公開處刑在等著我呢？光是想像一下就夠令人憂鬱了。甚至讓我有生以來第一次想裝病請假。

不，這也是跟日葵之間的關係有所進展的證據。應該要感到開心才對啊。

我願意接受。

無論會被人在背地裡傳出怎樣的謠言，看我全都忍過去。即使要被笹木老師叫到輔導室我也沒在怕！

……雖然我像這樣鼓起了十足的氣勢。

「…………（盯～）」

「…………」

「…………（緊盯～～～～）」

「…………」

呃，這是怎樣？

日葵從今天早上開始就一直緊緊盯著我看。沒有要求早安吻是很和平，但相對的一直保持沉默地看著我。壓迫感好不得了。明明在上數學課，卻完全無法集中精神。

她的眼神好像有所期待的樣子……咦，說真的到底是怎樣？看起來好像希望我做點什麼，但我真的毫無頭緒。

……這是怎樣？日葵的生日……還很久吧？以這個時期來說……啊，雲雀哥的生日……也是前陣子剛過。而且為什麼會先想到大舅子的生日啦……

不管了，這種時候就是要坦率地問她。

我壓低音量，悄聲向隔壁座位的日葵問道：

「那個，日葵……」

「唔！」

呃，哦？

日葵那傢伙好像緊張了一下，就開心地開始整理起瀏海了。接著明顯地撇開視線，再默默地偷瞄過來。

若要將這種心境化成言語，就是「真是的～拿你沒輒耶～既然悠宇都說到這個地步了，我也是可以聽你說一下啦～」的感覺。不，所以到底是怎樣啊？我就是在說搞不懂那最關鍵的地方啊。

「呃～妳有希望我做點什麼嗎？」

「…………」

她一臉失望透頂的樣子嘆了一口氣耶。

咦……這是我害的嗎？還是我真的忘了什麼？但我實踐了說要一起出遠門的約定，我們還有約好其他事情嗎……？

（不，說不定只是希望我稱讚一下……？）

日葵平常就會很想受人稱讚，說不定是希望偶爾能由我主動開口。這個方向應該不錯。思及此，我就試著稱讚了一下日葵。

「日、日葵。妳今天也很可愛呢。」

「…………」

拜託不要一臉失望透頂的樣子嘆氣啦！

到底是怎樣？這種狀態絕對是有什麼事。但我真的一點頭緒都沒有啊。

周遭班上的男同學開始竊竊私語地說著「哦，他們感覺不太對勁耶」、「還是走到分手這一步了嗎？」、「不如說快分手，給我加入聖誕單身狗同盟」、「聖誕節舉辦全場只有男生的卡拉ＯＫ大賽」、「生日還會送圖書券當禮物」之類的話……是說聖誕單身狗同盟的福利是不是未免太好了？

而且就像我剛才提及的，現在正在上數學課。

也就是說，站在講臺上的是笹木老師。

「呃——那這題就……夏目，你來回答。」

死定了。

沒想到在這個時候被老師點到。呃——我完全沒在聽課。這題是要怎麼解來著……

「日、日葵……」

「…………」

所以說，現在可不是要妳帶著「這次一定要說對！」的感覺，露出閃閃發亮的眼神看我的場

面——！

就在我們牛頭不對馬嘴陷入一片混亂時，笹木老師不知不覺間來到我背後。糟糕，他沒有散發出任何一點氣息。抓住我肩膀的手就這麼使勁地掐下去啊——……

笹木老師溫柔地笑著說：

「喵太郎。等一下輔導室見喔。」

「……是。」

呃，我確實有說「就算被老師叫去也在所不惜」啦。

這也全都是為了維持跟日葵之間健全的戀人關係……

♣
♣
♣

放學後。

我跟榎本同學一起前往蛋糕店打工。

「小悠。真的要從今天就開始做嗎？」

「嗯。反正日葵也答應了，而且距離聖誕節也沒剩多少時間嘛。花壇那邊都已經準備妥當，只要週末的時候去新木老師那邊拿花苗就好。」

「是說，放任小葵真的好嗎？總覺得她今天看起來不太對勁……」

「我是有送她回家啦。而且……」

我「呵」地露出有點陰沉的表情。

「如果不把心情切換成放學後是創作者訓練的感覺，我總覺得會自甘墮落下去……」

「是喔。我倒是受夠了。」

後來我們抵達了蛋糕店「貓妖精」。

工作人員進出的後門，似乎是榎本同學他們家人出入的玄關。怎麼看都像是一般家庭的玄關口，擺放了很多雙拖鞋。

玄關進去之後分成兩邊，榎本同學指著通往店家那邊的走廊說：

「媽媽應該就在那邊的辦公室裡，你去問她詳情吧。我先回房間放書包。」

「啊，嗯。謝啦。」

「…………」

「咦？怎麼了？」

榎本同學突然抬頭挺胸地說：

「在這間店裡，我是前輩。」

「啊，對耶。」

聽懂這句話的意思之後，我也乖乖低頭致意。

「謝謝前輩。」

「很好。」

榎本同學的表情跟平常一樣冷漠，但感覺心情很好地搖晃肩膀離去了。擺出前輩架式的榎本同學也很可愛。

我看看，辦公室在……應該是燈亮著的這間房間吧。

我敲了敲門，馬上就傳來回應。看來就是這間沒錯了。

「打擾了。我是夏目悠宇。」

一進到房內，就立刻看到堆成一座小山的紙箱。

在角落的辦公桌邊，榎本同學的媽媽——榎本雅子小姐就坐在那裡。感覺是一位沉著型的美魔女，是個感覺比榎本同學或紅葉學姊都要柔和的人。

本來盯著筆記型電腦的她，對著我親切地微微一笑。

「歡迎你來，夏目。請多指教嘍。」

「請多多指教。」

接著就請我坐在與她面對面的椅子上。

雅子阿姨輕聲笑了笑。

「上次見面是什麼時候了呀？」

「呃——應該是放暑假前。啊，前幾天校慶時，榎本同學有拿蛋糕來當慰問禮。謝謝阿姨，真的很好吃。」

「呵呵呵。你的姊姊們也很常來光臨就是了呢。」

「我、我姊姊們多受照顧了……」

我的姊姊們……看樣子不只是咲姊，還包含嫁出去的大姊跟二姊在內。

我也是最近才得知因為我認識榎本同學的關係，那三個人好像動不動就會跑來這間店光顧……她們真的有夠喜歡美少女耶。

不過姊姊們的事情就先不管了，話題講到這次打工的內容。

「你應該有聽凜音說了，這次想請你在聖誕節之前來內場幫忙。」

「我聽說是幫忙裝飾聖誕蛋糕……」

「對。本來是由我跟凜音一起做的，但今年有位做了很久的打工阿姨離職了。也沒有人來應徵短期工讀生，打亂了很多計畫……」

「那真是辛苦呢。」

「我最近也都沒什麼睡……呼啊……」

雅子阿姨忽然間強忍下一個呵欠。

然後伸手遮住嘴邊，露出害羞的笑容。這個人的年紀應該跟我媽媽差不了多少，但有種療癒的感覺很可愛耶……

「呵呵。不好意思喔。」

「不會。對我們家的店來說，聖誕節也是一大重點時期，所以我很能體會有多忙碌。」

「謝謝。再跟你抱怨下去，可能都會讓你覺得煩了呢。趕緊來說明工作內容吧。這是工讀契約……」

這麼說著，她拿了一張資料給我。

關於這點，由於已經事先聽過工作內容。接下來只要簽名就好，因此我同時也接過筆。

我看看～要填地址跟姓名……正當我要寫下去的時候，動作頓時停了下來。

這不是工讀契約，而是結婚申請書。

我默默地推了回去。

「……不是這個吧。」

雅子阿姨說著「哎呀？」並露出害羞的笑容。

「我不小心搞錯了。不好意思喔。」

不，這絕對是騙人的吧。

上面還貼心地寫好了榎本同學的名字。真是的，一點都不能鬆懈。這個人看起來人畜無害的樣子，但就是有這樣的一面……

後來才在真正的工讀契約上簽好名字。父母同意書之類的就帶回去再填……

「夏目。你要怎麼排班呢？」

「平日的這個時間跟六日的上午都可以……」

「天啊，真是太好了。但你可以上這麼多天班嗎？你還要在家裡的便利商店打工吧？」

「我只要在剛好沒有工讀人手的時候去便利商店幫忙就好，所以不用每天都去。而且只要有時間可以照顧花就好……一個月左右的話沒什麼問題。」

「但還有期末考吧？要什麼時候念書呢？」

「啊……」

死定了。我完全忘了。

結果雅子阿姨輕聲笑了起來。

「有空的時候，就叫凜音陪你一起念書吧。別看她那樣，那孩子成績不錯喔。」

「我知道。之前也向她請教了很多地方……」

「要是遇到住在後面那一家的慎司，我也會幫你逮住他喔。」

「謝、謝謝阿姨……」

要請真木島教我念書，感覺只有不祥的預感……

「那就像這樣排班吧。如果有想更動的話，不用客氣儘管說喔。」

「好的……但平日的這個時間是不是沒什麼事要做呢？」

「平日下課後會以練習裝飾蛋糕為主，所以沒問題。還有……」

雅子阿姨雙手合十，做出很可愛的動作。

「不介意的話，能不能也麻煩你收拾跟打掃呢？打工人員的班提早了一點，所以每天都只有凜音在負責收拾。希望你可以幫她一下。」

「啊，當然沒問題。而且不做這些事情就不算是打工了。」

「呵呵呵。來了一個像你這樣可靠的孩子真是幫了大忙。」

於是今天就立刻要聽榎本同學說明廚房的大小事。

阿姨給我一套男性的員工制服。這間店基本上只有女性的員工制服，所以好像是特地買來給我穿的。我明明只是個短期工讀，真過意不去。

「要踏入廚房時，一定要換上乾淨的衣服喔。我每天都會將洗好的制服放在走廊的櫃子裡，你就自己去拿。用過並換下來的制服，只要放進櫃子旁邊的箱子裡就好。」

「制服每天都會洗嗎？真厲害呢……」

「畢竟需要接觸食品的，衛生管理一定要做得徹底才行。這間房間對面那扇門打開就是更衣室了。但裡面沒有置物櫃，沒問題嗎？」

「啊，沒問題。反正只有學校書包而已，我放在旁邊就好。」

於是我就拿著制服走出辦公室。

站到她說的更衣室門前，做了一次深呼吸。

「仔細想想，我還是第一次在我們家便利商店以外的地方工作呢……」

難得榎本同學給了我這次機會，我一定要認真吸收在這裡學到的經驗，才能加以活用。

這麼想著的同時，我打開了更衣室的門。

就看到榎本同學正要穿上員工制服的裙子，而且一臉嚇人的表情僵在原地。

「…………」

「…………」

現在可沒空在那邊欣賞那雙包覆在褲襪底下的美腿了。

「對、對不起！」

「……唔！」

……換完制服之後，當我前往廚房，只見榎本同學雙手抱胸等著我。

「榎本同學。真的很抱歉……」

「沒關係。而且那是媽媽害的，我也有罵她了。」

「呃，但是我太粗心沒有先敲門……」

呀啊！

榎本同學滿臉通紅地用力捏了一下我的手臂。

「反正別再說了！」

「好、好的。不好意思……」

再講下去似乎對彼此都沒有好處。

榎本同學嘆了口氣，同時打開廚房的門。這時她朝我回頭看了一眼，感覺有點鬧彆扭地說：

「而且小悠只把我當朋友看待對吧？」

「咦？……啊！對！」

「就算看到我在換衣服，也覺得沒什麼吧？」

「當、當然啊。我覺得沒什麼。」

「…………」

這次換成屁股被捏了。

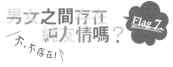

「好痛！」

「快點進來廚房。我要進行說明。」

「好過分……」

感覺比剛才捏手的怨念還深耶……

我都配合榎本同學的顧慮回答了……我抽抽搭搭地哭了起來。

後來她就向我解釋了廚房的設備以及收拾的方法。不愧是榎本同學，解釋得相當好懂。

但那些都不是這次的重點。

「那現在就開始蛋糕的練習吧。」

「請多多指教！」

馬上就開始練習裝飾蛋糕。

「具體來說要怎麼做呢？」

「首先讀完這份指南。」

她拿了一個資料夾給我。

內容寫了這間店製作蛋糕的順序指南。

「尤其後半的部分要記清楚喔。因為聖誕節會賣的就是這五種。」

「原來如此。」

「有事先開放預約的是這四種。還有一種是販售數量有限的蛋糕。」

「啊，這個像是圓木的瑞士捲很有名吧。」

「你說聖誕樹幹蛋糕吧。一整年當中就只有這一天會賣，但我們家做的非常好吃喔。每個常客都知道，所以一大早就會來排隊了呢。」

「原來還有這種集客手法啊。好厲害……」

可以得知這種長年經營的店家會做的行銷方式，非常令人感激。有來打工真是太好了。

「記住指南上的順序之後，接下來就是一直埋頭練習了。」

榎本同學替我準備了海綿蛋糕跟鮮奶油。

為了用來開發新商品以及給新進人員練習，據說會先將烤壞的海綿蛋糕冷凍起來。

榎本同學先做了一次給我參考。

她將海綿蛋糕放在圓形的蛋糕轉台上，再用抹刀將鮮奶油抹上去。而且轉瞬間就漂亮又均勻地抹好了……

「哦哦！好厲害，變成蛋糕了！」

「本來就是蛋糕啊……」

「咦？但這樣就完成了吧？那要怎麼練習？」

「只要把這個像這樣……」

她用抹刀將蛋糕上的奶油靈巧地削掉。一瞬間又變回原本赤裸裸的海綿蛋糕了。

「技巧真是熟練……」

「放鮮奶油的盆子要泡著冰水，隨時處在冰涼的狀態才行。」

於是我也跟著挑戰看看。

我用抹刀盡可能均勻地抹上鮮奶油……但不管過了多久都無法完成。尤其要整平蛋糕側面的難度更高。

接著想用抹刀將多餘的鮮奶油削掉，卻無論如何都會變得凹凸不平。最後鮮奶油甚至開始融化，變成黏糊糊的樣子。

「小悠，動作要快一點才行。就算是現在這個季節，鮮奶油在常溫下還是會融化。」

「但無論如何都會歪掉耶……」

「不可以想著靠抹刀平整蛋糕。」

「這是什麼意思？」

「蛋糕是靠轉台抹得平整的。」

圓形的蛋糕轉台。

這個平台做成了可以旋轉的樣式。感覺跟中華料理那種可以轉來轉去的桌子一樣。

「做蛋糕的時候，最基本的就是要注意一開始就要放在轉台中心的地方。如此一來，就能靠

轉台將鮮奶油抹得很平整。」

「靠轉台抹得平整……？」

榎本同學從背後抓住我的雙手。

「……唔！」

一股溫暖又柔軟的觸感緊緊貼在我的背後。

「一開始先抹多一點鮮奶油，然後將抹刀平行停在想抹得平整的幅度上。」

「那個，榎本同學……？」

「專心點。」

「呃，是！」

榎本同學的眼神是認真的。

為了排除邪念，我緊盯著眼前的蛋糕轉台集中精神。

一開始先塗上以海綿蛋糕來說比較多的鮮奶油。然後就照著榎本同學所說，以想抹得平整的幅度平行地擺上抹刀。

留意著不要動到抹刀，並轉動轉台。

於是多餘的鮮奶油就會被抹刀削下，並完成平滑的側面。

「原、原來如此……」

即使如此還是有點歪，但跟剛才相比已經均勻了許多。

榎本同學看著這個成果，「嗯」地點了點頭。

「掌握訣竅了嗎？」

「嗯。啊，不……是的。我掌握訣竅了。」

「只要學會就很簡單了吧？」

「應該還要勤加練習才會習慣，但我會努力在一個月內『掌握』訣竅。」

「嗯，我很期待你的表現。要快點學會喔。」

榎本同學露出親切的微笑之後，默默地補上一句。

「畢竟聖誕時期業績特別好的時候，一天就會賣到兩百個左右。」

「兩百個！」

「而且這只是奶油蛋糕。」

「這麼多！」

就算只是奶油蛋糕，也是我們家便利商店的十倍以上。

榎本同學輕笑一聲，眼神放空地說明：

「最近像是獨享尺寸的迷你整模蛋糕也很受歡迎，總之需求量真的很大。」

「但最近聖誕蛋糕的競爭非常激烈吧。我們的便利商店也是要跟親朋好友推薦才拿得到訂

單……」

「我們家的蛋糕只有味道絕對可以掛保證。」

「能若無其事地說出來實在太帥氣了……」

榎本同學帥氣的表現讓我有點小鹿亂撞了一下。難道這就是所謂的少女心嗎？……為什麼是由我當女主角啦。

「那就順便教你擠鮮奶油吧。感覺小悠學得很快。」

「咦？那個……」

「在擠花袋裡裝進鮮奶油……輕輕使力，從尖端輕輕擠下的感覺……」

「我說……」

見我遲疑的反應，榎本同學顯得有些生氣。

「小悠，你認真點。」

「不是，應該說這我可以自己看著學……」

「咦？」

榎本同學這才突然發現。

我們的姿勢依然跟剛才一樣貼在一起。具體來說，是榎本同學從背後抱緊我的感覺。

「～～～唔！」

「呀啊——————————！」

榎本同學先是捏緊手中的鮮奶油擠花袋，與此同時也使勁勒住我的腰部往上抓。不過力道是榎本同學一如往常的高品質。

我當場被擊倒在地。

「小悠，你自己練習！」

「呃，是……」

榎本同學大步走出了廚房。沒想到她已經能完美重現在東京旅行時看見的職業摔角招式了。

哎呀，蛋糕店的修行真不得了……我不禁如此感慨。

♣ ♣ ♣

時節進入十二月。

就連九州也開始吹起刺骨的冷風，每天早上都不想離開被窩。

在某天放學後，我來到榎本同學家的蛋糕店。

這兩星期左右都埋首於練習裝飾蛋糕的我，要來挑戰雅子阿姨的最後考驗。

「那我要開始了。」

「好的，加油喔。」

聖誕節要販售的五種蛋糕。

我要做的是最後程序……也就是裝飾。並不是只要做得漂亮就好了。既然是光奶油蛋糕就會賣到兩百個的店家，對於速度當然也有所要求。

「開始！」

「是！」

我依序裝飾蛋糕，直到完成五個。

雅子阿姨停下計時器，並伸手托著臉頰呢喃：

「哎呀，真是驚人呢。竟然真的在兩星期內學會了。」

「謝謝指教！」

「呵呵呵。這樣應該可以挺過難關呢。」

「都是多虧了榎本同學的指導。」

在一旁緊張地注視著的榎本同學，這才回過神來端正了姿勢。

「這是小悠努力的成果。畢竟我一直都看著你練習嘛。」

「不過，也是榎本同學一直都在旁邊陪我練習啊。」

不客氣、不客氣。

……感覺就像在演這種互相推辭的短劇一樣。這時雅子阿姨拿了一張資料給我。

「夏目的技術實在太精湛了，在此給你我們家的真傳證書。」

「咦？只是這樣就有真傳證書之類……」

我接過那份神祕的資料一看。

「……這是結婚申請書呢。」

「是啊。真傳就是成為我們家的女婿喔♪」

而且還貼心地寫了榎本同學的名字。

我默默還給她，卻又被強推回來。這大概就是那個吧，無法解除契約的那種真傳證書。

「……這樣我會很傷腦筋。」

「但是夏目，你很有才能喔。一般來說這可不是兩星期內就能學會的簡單技術。既然有這份才能，當然得好好活用啊。」

「我是以飾品創作者為目標……」

「有空做一下蛋糕店就好了啊。」

「不用了……」

「哎呀哎呀。你還這麼年輕，不用這麼快就做出判斷吧？」

「我已經有日葵這個女朋友了……」

「文件上的關係就好了。」

一點也不好。

具體來說，像是「即使是丈夫週末不回家的家庭也是一種愛的形式」一樣太過通融的態度一點也不好。

當這場漸漸變成固定發展的鬧劇一再上演時，榎本同學大嘆一口氣並提出勸告：

「媽媽，別這樣。」

「凜音，妳這樣講好嗎？以後可不知道能不能再遇到這麼理想的女婿了喔。」

「會引發跟小葵他們家的戰爭喔。」

「就是因為他們想要獨占才會傷和氣啊。共享才最理想。現在年輕人之間也很流行吧？」

那是指升學之後合租房子好嗎。

至少不是在說共享一個人好嗎。

「真拿你沒轍耶。不然我們分右手跟左手就好了。」

「不，這也太可怕了吧。整件事的方向性全都變了樣呢。」

「不然你要我們怎麼做嘛！」

「為什麼要衝著我生氣呢……」

雅子阿姨咯咯笑了起來。

這個人很喜歡像這樣惡作劇耶。比起榎本同學，總覺得這樣的個性比較像紅葉學姊……

「好啦，總之呢……嗯嗯！」

雅子阿姨輕咳了兩聲。

……這麼說來，她最近一直在咳嗽。

「難道是感冒了嗎？」

「應該是最近空氣比較乾，總覺得喉嚨都會癢癢的呢。」

榎本同學冷漠地說：

「別擔心。我媽媽從來沒有感冒過。」

「對啊，我這個人就只有健康可取啦。」

雅子阿姨可愛地用雙手比出V字形，並喊著「耶～☆」強調這一點。

這個人真的很跟得上流行耶。我媽要是擺出這種姿勢，全家人應該都會一起出動把她帶去醫院檢查……

「好了，現在知道夏目可以成為即戰力，所以再來調整一下當天的排班狀況吧。」

「啊，店長。這麼說來，我有一個請求……」

「哎呀。叫岳母就可以了喔。」

「……店長。關於聖誕節的蛋糕……」

「竟然無視我……」

雅子阿姨賭氣地鼓起臉頰。真可愛。

「當天我可以做一個菜單上沒有的蛋糕嗎？材料費之類的費用，我當然都會自己出……」

「夏目要出錢？這是什麼意思？」

事先商量過的榎本同學代我說明：

「他說想做來送給小葵當聖誕禮物。」

「喔喔，原來是這樣！」

大概是這樣講就懂了，只見雅子阿姨開心地拍了拍手。

「很好啊。世界上獨一無二的原創蛋糕。很浪漫呢。」

「我是覺得有點太矯情了。」

「呵呵呵。這個年紀的男生矯情一點才好啊。」

「既然媽媽都這麼說了……」

雅子阿姨開心地問我：

「你有想過要做什麼樣的蛋糕嗎？如果要用到特殊材料，再不叫貨會來不及喔。」

「啊，材料部分我已經在跟其他地方談了。明天應該就會得到回覆……」

「如果找我們有合作的水果店，可以用比較便宜的價格買到喔。」

「不，我不是用水果……」

這次換我對費解地歪過頭的雅子阿姨詳細說明。

「我是要做使用食用花（Edible flower）的蛋糕。」

食用花。

指的是特別為了食用而培育的花。

最具代表的有萬壽菊、撫子花、三色堇等等。即使是我們平常會看到的花，以不同的方式培育也能成為食用花。

當然像是路邊的花，或是一般在花店販售的花就不能食用。除了不能使用農藥栽種之外，有些品種必須在完善的設備中，才能種出沒有毒性的花。

雖然不好種，但現在透過網購也能買到。因此我正在找新木老師商量，看能不能透過她的管道訂購。

我將手機畫面拿給雅子阿姨看。

乍看之下感覺全都像是一般惹人憐愛的乾燥花，實在難以想像是可以食用的花。雅子阿姨陶醉地說：

「花卉蛋糕啊……真矯情呢。」

「對吧？」

「但這樣才好啊。媽媽要是再年輕個三十歲左右，一定馬上就會被迷倒。」
「媽媽看男人的眼光之差都遺傳到姊姊跟我身上，真是夠了……」
「哎呀。雲雀跟夏目都是很棒的男生啊。」
「這個話題就別再說了……」
不是，雅子阿姨，就算妳說著「對吧？」想徵求我的同意也很奇怪……
「那麼，請問店長可以答應嗎？」
「當然好啊。如果你能多拿到一點花，可不可以也賣給我們一點呢？」
「啊哈哈。前提是可以順利做成功就是了呢……」
說到底，除了使用食用花之外，我什麼都還沒決定。
不知道做成怎樣的蛋糕，日葵會比較開心呢？
這還是我們交往後的第一個聖誕節。
我絕對想讓那天成為留下美好回憶的紀念日。
（日葵。不知道她現在在做什麼呢……）
如果日葵可以跟我一樣期待聖誕節的到來就好了。
一邊這麼想著，也讓我對於即將到來的聖誕節感到雀躍不已。

♣ ♣ ♣

隔天。

一早我在自己房間醒來，關掉手機鬧鐘並呼了一口氣。今天會很忙。放學後得去新木老師那邊才行。

咦？總覺得身體很沉重……

而且爬不起來。就像有什麼東西壓在身上一樣……

難道是鬼壓床？這就是嗎？但手臂之類的卻好像可以自由活動……

我的視線往下看去。

不知為何，日葵的臉就埋在我身上。

我苦惱了好一陣子，最後決定總之先一如往常地向她搭話。

「……日葵同學？請問妳在做什麼？」

「我在補給悠宇成分。」

「啊，這樣啊……」

那我就安心了。

哎呀，我以為她會對我做出什麼奇怪的事，還戒備了一下。真是的，日葵那傢伙，既然是我的成分不足直說就好了，我也會讓她聞到盡興啊。

話不是這樣說的吧。

為什麼要默默接受啊？而且我的成分到底是什麼？鬼壓床還比較好耶。不要拿計算機算起「一次一百圓可以喔」什麼的……

「日葵。我想做點上學的準備耶……」

「再一下下。」

「不，這真的太難為情了啦……」

「你也可以補充一下我的成分啊。」

是叫我也去聞她的意思嗎？

不太好吧。具體來說那個畫面就滿糟糕的。像日葵這樣的美少女做這種事還在容許範圍內，但我來做的話肯定是直接呼叫警察大人的案件。

……但日葵那傢伙還是不肯下去。

「…………」

因為把臉埋在我身上的關係，可以從日葵滑順的頭髮之間看到她的後頸。

鬼迷心竅……也只能這麼說了，但我的鼻子就像受到牽引過去似的靠了上去。然後試著吸了一口氣。

「啊，感覺有香香的味道。」

日葵整個人抖了一下就跳了起來。

她雪白的肌膚變得通紅，並用兩手壓住後頸。

「不要真的聞啊，笨蛋——！」

「咕哇啊啊……！」

不知為何肚子挨了一拳。

日葵就這麼快步逃走，我則在床上伸直了身體。

「……剛才確實是我不對。」

最近，日葵一大早來接我已經變成例行公事了。

那樣會害她繞遠路，我也跟她說過不用來沒關係，但對日葵來說這似乎包含在戀人行為當中，因此不可或缺的樣子。一大早能見到日葵也讓我覺得很開心……等到聖誕節過後，比較有空的時候，就由我去接她上課吧。

穿了針織外套之類的，又加上厚重大衣的日葵，看起來比平常還要蓬鬆，相當可愛。即使如此還是忍耐著讓露出來的雙腳只穿著一條褲襪，據她所說好像算是女生的愛好。感覺好像會讓人

從換鞋區走進要踏入校舍的地方時，有人從身後拍了拍我的肩膀。

「小悠。早安。」

「啊，榎本同學。早安。」

是榎本同學。她也是一身穿得蓬鬆的冬天裝扮，以印象來說有種博美的感覺。

榎本同學也接著面向日葵說：

「小葵。早安。」

「……早安。」

好像流竄著一股尷尬的氣氛。

就在我連忙想說點什麼的時候，榎本同學拿出一個資料夾交給我。

「啊，小悠。我把春天會開的花整理成清單了。」

「真的假的？哇啊，真是幫了大忙。」

「嗯。你最近一直忙於蛋糕修行，我就想說應該沒時間整理這些資料……」

然後露出親切的微笑說：

「而且這也是身為命運共同體的職責嘛。」

「……唔！」

榎本同學～

為什麼不是對著我，而是看著日葵說呢？這種爭風吃醋的感覺會讓我的胃很痛，拜託妳別這樣好嗎？

「啊，抱歉。這不是在你女朋友面前該說的話題呢。」

「榎本同學？拜託妳不要這樣……」

「那就放學後見了。」

把想講的話說完，她就瀟灑地離開了。

榎本同學的挑釁技能是不是提升了啊？之前明明是跟我一起敵不過日葵的夥伴……這讓我產生了一股微妙的寂寞心情。

這就是那個吧。明明一直感同身受地說著「不需要女朋友啦」的男性友人，結果還是不以為意地跟女生交往，那種就此被拋下的感覺……我沒有那種男性友人就是了。

日葵「姆嘰嘰嘰嘰……」地以憤恨不已的樣子沉吟。

「下次我絕對要從背後一把抓起那對胸部——！」

「妳就是一直在說這種話才會被人家挑釁吧……」

真的拜託妳們兩個不要夾著我上演愛吵架的情侶戲碼好不好……

當我想著這種事的時候，日葵說道：

「好～既然如此，今天放學後我就要跟悠宇恩愛一番嘍～！」

我講不贏。

榎本同學對命運共同體的定義可真強硬啊……

「但妳不去管樂社沒關係嗎？」

「在聖誕節之前我都向社團請假了。」

「這段時期的練習比較不重要嗎？」

「不一定吧。聖誕節要舉辦演奏會，需要練習那場表演的曲目……」

「咦！那還是……」

榎本同學搖了搖頭。

「並不是文化局的比賽之類的，而且是志願參加制，會跟合唱團一起在文化中心舉辦演奏會。在那之後大家一起參加聖誕派對好像才是重點……反正我對那種活動沒什麼興趣。」

「啊，是那種……」

那種狀況我也感同身受。

必須幫忙家裡的工作才行，何況咲姊還那麼可怕。雖然她這次同意我去榎本同學家打工……

我家姊姊也太寵榎本同學了吧。

「是說小悠。」

「怎麼了？」

我隨著榎本同學的視線，往背後瞄了一眼。

從我們剛才經過的烏龍麵店的暗處，可以看到顏色很淡的呆毛晃來晃去。

那是日葵。看樣子她好像是在玩偵探家家酒……不愧是世界級美少女，一個人的遊戲也如此講究。

「跟來了呢……」

「對啊……」

「你有跟她說是去找新木老師嗎？」

「我有說……」

離開學校不久，我們就發現被她跟蹤了。

總覺得很難跑去跟她搭話，於是就隨她跟著……啊！

「她該不會是懷疑我外遇吧……？」

畢竟有過東京之旅的前科，我也很難責備日葵。

見我「咕唔唔……」地沉吟時，榎本同學嘆了一口氣。

「我覺得應該不是……」

「咦？為什麼？」

「誰知道～」

榎本同學冷漠地撇過頭去。

「而且既然你會覺得傷腦筋，索性就跟小葵坦言是去挑選要給她的禮物如何？」

「不，那也太……」

我緊緊握住拳頭。

「這還是我們交往後的第一個聖誕節……當然會想給她一個驚喜啊！」

「男生有夠麻煩……」

榎本同學一臉厭煩地這麼說。

……對，我也知道自己很麻煩。但我還是不想退讓。畢竟我是創作者啊……

「那該怎麼辦？」

「如果現在甩掉日葵，我知道之後一定會變得很麻煩。所以就繼續裝作沒注意到她，先把事情處理好吧。」

「這該說你有所進步嗎……？」

多虧了這幾個月的發展，讓我漸漸培養出奇怪的膽量。而且我跑去找新木老師應該也是很自然的事。

呵呵呵，等著瞧吧。平常都很沒出息地被日葵「噗哈」，但我可要讓她見識到我是個該出手的時候還是會出手的男人……

見我自己燃起幹勁，榎本同學只是嘆了一口氣。

「算了，我只要能協助你做飾品，怎樣都好啦……」

冬天的日照很短，現在四下已經是一片昏暗。冷清的商店街上，只有意思意思地亮起幾盞燈飾而已。

轉進小巷子之後就抵達插花教室了。

平常庭院總是熱鬧非凡，今天卻顯得一片寂靜。

「咦？老師今天沒跟小學生一起打電動嗎？」

「天色已經有點暗了，應該都回家了吧。」

也對，畢竟是小學生嘛。

因為沒看到新木老師的身影，所以我就依照規矩地在玄關按下門鈴。結果裡面就傳來她的聲音。

「自己進來吧～」

我拉開沒有上鎖的拉門，進到玄關裡。

這時察覺到一個不對勁的地方。

……玄關擺著一雙男鞋。

「該不會有客人吧？」

「真難得耶。小悠，要改天再來嗎？」

「不方便的時候新木老師都會事先跟我聯絡，不然先看看再說吧。」

用來當作練習室的和室紙門透出了光線。

我姑且說了一聲「打擾了」才打開紙門。然而眼前目睹的光景卻超乎我們的意料。

我們學校的動腦型黑猩猩，也就是笹木老師竟然正在插花。

笹木老師配上這些惹人憐愛的花。這組合也太不相襯了吧……啊，不行。真心話差點就要脫口而出了。不過還是希望可以稱讚一下我沒有說出「這裡是叢林嗎」這種話。

「笹木老師，你在這裡做什麼啊？」

「喵、喵太郎？你為什麼會在這裡！」

笹木老師似乎也沒想到我們會來，只見他驚訝地張大著嘴。

不，我才想問啊……當我覺得有些無力時，坐在笹木老師正對面，身穿和服的新木老師就替我們說明了情況。

「嗯～校慶時我跟笹木交換了聯絡方式。然後他就說有點想體驗看看插花。」

結果笹木老師不知為何慌慌張張地解釋個不停。

「對、對啊。我看你們這麼拚命，所以才會想體會一下你們的心情嘛。哇哈哈。」

「…………」

我跟榎本同學對上視線並點了點頭。

（（絕對是騙人的……））

……但當面直說應該不太好。我露出滿臉笑容，親切地對笹木老師說：

「哦。笹木老師，原來你對花產生興趣了啊？」

「對、對啊。」

「早說嘛，我也可以協助你啊。」

「不不不，總不能讓學生寶貴的時間浪費在我身上！」

他紅透著臉，眼神還飄忽不定。

看到平常都一直捉弄地叫我喵太郎或是輕浮男二號之類的人這麼慌張的模樣，會讓我不禁萌生想惡作劇一下的念頭，應該也是無可厚非（一號是真木島）。

「新木老師，我很久沒插花了，也可以來插個花嗎？」

「什……！」

「我也想插花！」

「連榎本都這樣講！」

我跟榎本同學兩個人夾著笹木老師坐下。如果這是在玩黑白棋，一瞬間就會翻盤，而現在的立場確實跟在學校時攻守交替了。

新木老師費解地歪過頭，但也沒有拒絕我們便站起身來。

「是沒差啦……那我去拿花過來喔。」

她以私底下難以想像的楚楚可憐的動作離開練習室……嗯～如果她平常都是這樣，就很有插花教室的老師風範了呢。

哎呀，現在的重點不是那個。

「笹木老師。這麼說來，你之前是不是說過跟新木老師是高中同學？」

「對、對啊。比起那種事，你們是來幹嘛的？」

「我跟新木老師說好要請她幫我準備特別訂購的花。我是為了確認這件事才過來拜訪。」

「咕！偏偏就是今天啊……！」

坐在老師另一邊的榎本同學也問道：

「你跟新木老師之間是什麼樣的關係呢？」

「哪、哪有怎樣，不就說是高中同學……」

在難得雙眼都亮了起來的榎本同學逼問之下，笹木老師顯得難以招架。

這麼說來，雅子阿姨好像有說過最喜歡的就是戀愛話題了。榎本同學果真也繼承了這樣的血

脈啊。真可愛。

「這麼說來，校慶那時笹木老師看起來有點開心的樣子。」

「呃，跟老同學重逢當然會開心啊。」

「看起來不像是那樣呢。」

「喵太郎，你的個性是不是跟在學校時不太一樣啊？」

「才沒那回事呢。」

呵呵呵。

這也是在三年來被日葵「噗哈」所鍛鍊出來的成果。何況最近半年還一直被真木島拿這方面的話題說嘴。

收關戀愛話題，可別以為我還是以前那副德性了！

這時盯上笹木老師動搖的態度，榎本同學直接觸及了核心。

「你喜歡新木老師嗎？」

「噗呼！」

啊，笹木老師折斷了拿在手中的花。

「妳、妳妳妳……妳在說什麼蠢話……」

嗯——滿臉通紅的樣子，一看就知道相當動搖。沒想到竟然會有看見笹木老師這種表情的一天啊。今天似乎會成為一個難忘的紀念日了。

我拿起莖斷掉的花，用花藝剪刀修剪整齊。

「但新木老師既漂亮又溫柔喔。」

「不，呃，我確實不否定這一點……但、但這終究只是客觀看法喔！」

刻意拉出一條防線，反而就跟不打自招了一樣。

跟我一樣鬧得有點開心的榎本同學更是趁勝追擊。

「笹木老師。你現在的打扮好像比在學校時還更體面耶……」

「哪、哪有這回事！我平常也都穿這套西裝啊！」

他身上確實穿著常見的那套西裝，但這麼說來……

「我今天也有數學課，但總覺得老師的打扮感覺沒這麼體面啊……啊，那條領帶是新的吧。是放學之後特地回去換的嗎？」

「不要看這麼仔細好嗎！」

榎本同學悄聲地說：

「鬍子也刮得很乾淨……」

「唔唔……！」

感覺他已經找不到藉口了。

我「呵呵呵呵」地向他提出私下的交易。

「請放心。我們沒有要貶低老師的意思。」

「怎、怎麼說？」

「笹木老師平常這麼照顧我們。如果老師坦率一點，說不定我們也能幫上忙。」

「呃，喔。你是怎樣？最近好像散發出奇怪的從容耶……」

我跟榎本同學一起把臉湊近過去。

「所以呢，是怎麼樣？」

「請老師直說吧。」

「咕唔唔……」咬牙切齒的笹木老師，這時無力地垂下頭。

「不，真的沒有怎樣啦。」

「那你為什麼要不惜謊稱自己對花有興趣，就只為了進到人家家裡呢？」

「不用說得那麼難聽吧！」

「啊，不好意思。」

糟糕。不小心染上日葵的壞習慣了。榎本同學也是用「這樣講有點太不識相了」的眼神一直盯著我看……

笹木老師偷偷摸摸地看了一下走廊，這才清了清嗓子說：

「新木從高中的時候就是那副德性了。該說是不食人間煙火嗎……」

「有種說不上來的神祕感對吧。」

「對，就是那樣。自己這樣講也有點奇怪，但那個時候的我算是學校的紅人喔。別看我這樣，其實還滿受女生歡迎的。」

「校慶上甚至會跟夥伴組樂團表演嘛。我倒是沒有懷疑這一點。」

「但那傢伙對這樣的我擺出一點興趣也沒有的態度。這反而讓我……就是……」

「反而很在意她？」

「就、就是那種感覺。不，我並不是喜歡她喔。只是很久沒見面了，想知道她平常都在做些什麼，只是這樣而已……」

「所以才不惜請假沒去指導網球社練習，跑來確認她有沒有對象吧？」

「我就說不是那樣了啊！」

天啊，太開心了。聊別人的戀愛話題超快樂。

正因為自己的戀情經歷太多波瀾，像這種和平的戀愛話題聊起來特別開心。跟笹木老師平常的態度相比，他在戀愛方面也太笨拙了吧？感覺愈來愈放心不下了。

「我知道了。請交給我吧。」

「呃，喔。雖然搞不太懂，總之拜託你了……」

這時，新木老師剛好拿著插花道具回來了。

她皺起眉頭看著肩並肩坐在一起的我們。

「你們那樣貼在一起是怎麼了？要是覺得冷，不然我把暖氣溫度調高一點好了？」

「不。不是覺得冷，我們只是聊了一下花的事情……」

我清了清嗓子。

我在跟日葵的這段戀情中學到了一件事……戀愛攻防時先下手為強！如果晚了一步就不得不處於被動的立場！

「新木老師。冒昧問一下，妳這個月的二十四號有什麼安排嗎？剛好有空的話，笹木老師說想找妳吃個飯……」

「喵太郎！」

笹木老師連忙把我跟榎本同學抓到練習室的角落。他壓低音量嘟嘟噥噥地說：

「你這傢伙，難道不懂得講話要婉轉一點嗎？」

我朝榎本同學看了一眼。

……看來她的想法也跟我一樣。

「別擔心。在我看來，新木老師不像有在談戀愛的感覺。」

「我也這麼想。」

「而且既然要約人出來，不講得直白一點可傳達不出去。」

「我也是這麼想的！」

看我們自信滿滿的樣子，笹木老師稍微鬆了一口氣。

「既、既然榎本都這樣說了……」

也太不信任我了吧？

這種時候最重要的難道不是男人間的羈絆嗎？害我有點不想支持笹木老師的戀情了……

不不不，總之關鍵在於新木老師。

「所、所以說，新木老師，妳覺得呢？」

「…………」

新木老師難得露出認真的表情，「嗯～……」地想了一下。

咦，好像有種不祥的預感……就在我浮現這個想法時，她果斷地回答：

「抱歉喔。我二十四號有約了。」

——嘩啦！

無情的回答。

我們三個人都受到天打雷劈般的衝擊。

「「「……！！」」」

現場充斥著難以言喻的沉默。

看到笹木老師有點想哭的樣子，我的背部也爆出瀑布般的冷汗。

怎、怎麼可能？

那個新木老師有男朋友？她可是假日會跟住在附近的小學生一起打電動，甚至拿出真本事弄哭小孩的人喔。不，但新木老師平常看起來就是個美人，而且好像也有聽過女生很善於掩飾那種感覺的說法……

當我完全愣在原地時，榎本同學無意間呢喃：

「但完全沒有交男朋友的感覺……啊！」

接著就像有了頭緒一樣，對新木老師問道：

「……新木老師。請問可以跟我們說妳有什麼安排嗎？」

結果新木老師也沒有表現出不情願的感覺，反而開心地說：

「我要跟平常會來玩的那些小學生在這裡辦聖誕派對。大家還要一起做蛋糕喔。」

「什麼～～…………」

所以說，這是怎樣？

意思是……笹木老師輸給了……小學生嗎？

現場充斥著跟剛才不一樣的沉默。我下定決心，便跟榎本同學一起低下頭。

「笹木老師，不好意思。新木老師雖然沒有對象，但你的機會也……」

「對不起……」

「你們不要這麼認真地道歉！我反而會更難過好嗎！」

在我們三個人吵成一團時，新木老師費解地歪頭說：

「既然有空的話，笹木要不要一起來？」

「咦……」

這一句話逆轉了整個局勢。

意料之外的發展，讓笹木老師的情緒一口氣昂揚起來。

「可、可以嗎？」

「是可以啊。當天要記得帶Switch來喔……啊，但是笹木，你是會打電動的人嗎？」

「別擔心！沒問題！我會先練習！」

一邊看著笹木老師表現出雀躍得像個少年般意外的一面……我跟榎本同學面面相覷了三次，對彼此做了心電感應。

在新木老師眼中，笹木老師就跟住在附近的小學生相去無幾……

◆◆◆◆◆

IV

Turning Point.「暴」

◆◆◆◆◆

◇◇◇

今天放學後，悠宇好像要跟榎榎去新木老師那邊。

我在教室目送他們離開之後，獨自「嗯——」地沉思。

「真～奇怪耶～？根據我的預測，悠宇應該早就要哭著來找我回去了吧～？」

我那既完美又危險的作戰。

只要跟悠宇在戀人生活中提升恩愛程度，他便會主動哭著說「沒有妳在的『you』……無聊透頂（露出一口閃亮牙齒）」，就是這樣的魔性技能。

然而過了一個月，技能還是沒發動。

（身為戀人的恩愛度已經累積滿了才對啊～）

一般來說，不是都會想要無時無刻跟最喜歡的女朋友在一起嗎？

我就是想跟他一起相處，甚至不惜每天早上特地去接他的說。

然而悠宇那傢伙，卻完全將戀人生活與「you」的活動切割開來度過。像是放學後竟然就真的完全沒有捎來任何聯絡，哪有這種道理？

還真的很認真在蛋糕店打工。現在比起我，是不是跟榎榎相處的時間比較多啊？

「真可疑耶～？會不會是瞞著世界第一可愛的女朋友在做些什麼呢～？」

我偷偷摸摸地跟在悠宇身後。

啊，看到了。

他跟榎榎一起推著腳踏車走在路上。

在我宛如名偵探般化為暗影跟蹤他們時，榎榎突然回頭看了一眼。我連忙藏身於暗處。

「哎呀。不愧是榎榎，直覺真準啊～」

噗呵呵呵呵。感覺愈來愈有趣了喔～

「我就像是把福爾摩斯逼到絕境的莫里亞蒂教授！這就看我一個個揪出悠宇的祕密～！」

噗呵呵～……啊！

「不對啦——！」

我當場抱頭苦惱不已。

「不行。這樣忍耐度不夠，我必須忍耐一點啊～！」

……對耶。

我在作為戀人跟悠宇相親相愛的同時，要冷靜地等待他跟榎榎之間形態不完全的「you」出現破綻。

計畫相當完美。

在悠宇因為我不在身邊而感到寂寞之前，我必須貫徹戀人的身分。這當中絕對不能出現任何漏洞。

現在要是跑去突擊害計畫泡湯是絕對NO的行為！

我從書包裡拿出Yoghurppe並一口氣喝光。冬季限定的水蜜桃口味跟平常的Yoghurppe相比更添了水果香氣，非常好喝。

消耗掉美味的乳酸菌以及今天早上補給的悠宇成分之後，我的精神也冷靜了下來。

「……呼。我超冷靜！」

恢復理智的我，放棄跟蹤悠宇他們了。

好啦～就來吃點好吃的東西再回家吧～♪

……於是我就來到了這裡。

辣麵專賣店「桝元」。

這是總店開在我們家這邊，一間很好吃的辣麵專賣店。

使用講究的食材煮出又鮮又辣的一碗麵，實在好吃到受不了。豐富口感的蒟蒻麵也正好適合健康取向的客群，是一間有很多女性客人會回訪的拉麵店喔☆

招牌商品是辣麵跟特色豬軟骨。燉煮到軟嫩的豬軟骨有滿滿的膠質，有助於養顏美容喔。

但我最推薦的還是番茄辣麵呢。

俗稱番辣。上等的辣味及酸味完美結合。濃稠的番茄美味又健康，真的超棒！忍不住會想加點起司也是無可厚非啊～

「我開動了～！」

我一口接著一口欶欶地吃著番茄辣麵。

我的計畫就是用自己能承受的最大辣度，讓體內的不純成分隨著汗水一起說再見！在回到「you」之前要先淨化我的身體！

等到吃完這碗麵的時候，就會完成蛻皮化為乾乾淨淨的我啦☆

「多謝招待！」

吃得飽飽的我，懷著愉悅的心情踏上歸途。

好啦～今晚也要為了我跟悠宇的將來努力念書嘍～☆

……然後不知為何，我來到新木老師的插花教室前。

我頓時無力地屈膝跪地。

「為什麼——！」

太奇怪了。我應該要貫徹沒有悠宇的生活，卻還是下意識地跑來了！

為什麼？

今天早上也補給悠宇成分了。而且只要再忍耐一星期就好。不，撇開這些事情，我跟悠宇可是戀人……事到如今，不過是這一小段時間分開行動……啊！

難、難不成……

我這才察覺這項計畫可能存在一大陷阱。

（難不成會因此感到寂寞的人，其實是我……？）

怎麼可能。

在悠宇感到寂寞而來求我之前，竟然是我先感到寂寞？

因為在交往的關係，反而讓我對悠宇的依存度變高了？

至於悠宇則是……「既然都在交往了，反而可以盡情專注於製作飾品」？

這、這可是意料之外的事態。

也就是聰明反被聰明誤啊——！

「啊啊，悠宇成分……悠宇成分不足啊……」

我搖搖晃晃地朝著明亮的地方靠近。宛如在天寒地凍中賣火柴的少女一樣。

不行。再這樣下去我只會可喜可賀地醜態畢露。榎榎一定會一臉得意地對我說「小葵。就讓妳來我底下幫忙吧呵呵呵」！

我、我絕對不要這樣！

我要在所有方面都成為悠宇的第一啊——！

「呀啊——！給我停下來，這副只有超級無敵可愛可取的身體啊——！」

……就在我像這樣跟內心的業障奮鬥時，有人抓住了我的手。

「犬塚妹妹。妳在人家家門前做什麼啊？」

是新木老師。

她一身不像平常那樣休閒的打扮，而是標準插花老師會穿的和服。竟然還戴著皮草圍巾，怎麼看都是良家千金的感覺。這個人如果平常都這樣打扮就好了……

「啊，那個……」

我不禁猶豫要怎麼回答。

不，冷靜想想未免也太可疑了吧？說不定還會被請去警察局喝茶，最後走向被哥哥定罪的結局……

新木老師皺緊眉頭，想把我從這個地方拖走。

「要找夏目跟榎本妹妹的話，他們就在裡面喔。」

「不、不行！」

我拚了命甩開她的手。

新木老師嚇了一跳，這讓我難為情地撇開視線，就像個小孩子一樣。我有氣無力地說：

「因為我是悠宇的女朋友，所以非得待在這邊才行……」

「…………」

新木老師頭上冒出的大量問號多到要引發大洪水了。

「咦？為什麼？變成女朋友就不能協助他的工作了嗎？」

「因、因為各自分擔職責比較有效率啊。」

「哦。是這樣啊……？」

啊，她一臉沒聽懂的樣子。

新木老師真的很自由自在耶～這個人感覺就不是會因為戀愛之類的事而煩惱的類型……

「沒差啦。反正過不久悠宇就會主動哭著跑來找我說『日葵大人～拜託妳回來～』啦。」

「啊～他真的會那樣做就好了呢……」

「啊，妳不相信對吧！」

「可是～犬塚妹妹並沒有足以擺出『只要最後會回到我身邊就好』這種得意表情的包容力啊～」

她的眼神朝我身體撇了一眼。

「不要看我的胸部～！」

「偏偏榎本妹妹就很猛嘛。」

「唔唔！」

「人家波濤『胸』湧嘛。」

「為什麼還要重申一次啦！」

「胸部有料的女生，屁股也很有料呢。」

「新木老師，妳平常是會講這種話的人嗎？」

新木老師愉快地笑了笑。

啊，她好像是在顧慮我的心情……

「原來如此啊～我才想說妳怎麼又培養了精神飽滿的病嬌氣場呢～」

福又充足喔。雖然可以交到很多朋友，但戀人在這世界上就只有一個人！」

……嗯嗯？

不知為何內心有點抽痛……的感覺……？

「……我有得到滿足，嗯。」

我贏得悠宇的「戀人」地位。

對這段關係也沒有感到不滿。

他很珍惜我。聖誕節當天也為我空了下來。他一定會想為了給我留下美好的回憶，而準備了某種驚喜吧。我知道他這個人的個性就是這樣。

然而……

「好好喔……」

我卻不禁脫口說出這種話。

這讓我連忙搖搖頭。

不知為何，我回想起了暑假的事。

眼前滿滿一大片的向日葵花田。

籠罩在黃色與綠色底下。

我跑得氣喘吁吁，用有點缺氧的腦袋想出來的結論。

我想成為悠宇的戀人。

這點千真萬確。

我對現狀並沒有感到不滿。

這也是毋庸置疑。

悠宇很珍惜我這個戀人，而榎榎代替我成為他工作上的夥伴。

明明一切都照著我的計畫發展……

我的心卻每天都過得不快樂。

明明成了悠宇的戀人，卻一心焦急得也想要摯友的身分。

一直擔心會不會被榎榎後來居上，超越自己。

於是，我就只能獨自在外面看著他們。

這真的是我想要的嗎——？

「奇怪……？」

視野頓時變得模糊。

止不住的淚水滑過臉頰滴落。

「……啊，糟糕。」

新木老師將皮草圍巾一圈又一圈地圍在我的臉旁邊。當我嚇了一跳並回頭一看，只見她溫柔地微笑說道：

「青春期麻煩死了。」

「欸，妳根本沒有掩飾真心話耶。現在難道不是安慰我的時候嗎？」

「死定了。不小心碰到犬塚妹妹的病嬌氣場了。這下子我明天應該會發高燒到四十度左右吧。工作可得休息一天了。」

「不要把人家的氣場講得像病原體一樣！」

「啊，犬塚妹妹乾脆也翹課來打電動吧。」

「去工作啊——！」

這時忽然有白色的東西從眼前飄過。

驚覺之後我仰頭一看，空中緩緩飄下一顆顆白色的東西。那不是雨，也不像冰雹……

「啊，下雪了。」

「哦，以這一帶來說很罕見呢。」

「會積雪嗎？」

「應該沒辦法吧～我還是小學生的時候有積過薄薄一層，但在那之後就再也沒見過了。」

「咦，不如說竟然有積雪過喔？」

「我做了一個都是泥土的雪人放進冷凍庫，隔天就變乾垮掉了呢～哎呀～那時被奶奶臭罵了一頓呢～」

「真沒情調啊～……」

一個不小心就會錯過的微小細雪，被一道乾風擄走後就從我們面前飄了過去。

產生自覺的心聲，總算是傳達到我的耳中。

我已經知道那一天……在設置了很多花的旅館裡，我的臉失去笑容的原因了。

我真正想要的不是「這個」。

為什麼？

是在哪裡出錯了？

誰來告訴我嘛。

讓我重來一次啊。

如果至今的一切全都是一場夢，清醒的時候我人在自己床上就好了。

如果我現在是國二學生，今天是期盼已久的校慶早上就好了。

我已經決定要去之前就有點在意，最喜歡花的那個男同學的飾品販售會了。

「你那樣熱情的眼神只要看著我就好了。讓我獨占嘛。如此一來，不管你做了多少個飾品，我都會幫你賣掉——我們就成為這樣的命運共同體吧？」

從那個時候開始，什麼都沒有改變。

我真正的願望是——

V

「你會排除我的愛」

十二月二十三日。

學校已經放寒假了，我們得到了自由時間。

不過蛋糕店已經忙翻天了。平常總是帶著從容氛圍的廚房內，就只有今天大家都忙碌地走來走去。我也是一大早就來打工，並一直埋頭處理幫忙裝飾蛋糕的工作。

不愧是一年當中生意最繁忙的時期。我們家的便利商店最近這陣子也很忙，但是完全無法比擬……

「夏目！這個也請你處理！」

「好的！」

為了這一天大量冷凍保存起來的海綿蛋糕，夾起鮮奶油跟水果。當這個狀態的蛋糕來到我眼前時，就要用裝進擠花袋的鮮奶油進行裝飾的工作。

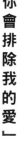

只要一有鬆懈，感覺就會搞錯蛋糕的種類！

（這確實非常辛苦……！）

說到聖誕節的蛋糕店，印象中感覺最忙的還是二十四日。

但實際上進到這間店裡工作，才發現最忙的是今天，二十三日。因為二十四日要專注於販售的關係，包含訂單商品在內的所有庫存，都得在今天做完才行。

二十三日之所以是假日，說不定是考慮到蛋糕店的工作量吧……當我想著這種蠢事的時候，又有等著要裝飾的蛋糕送到眼前。

這時，負責站結帳櫃檯的店員打開廚房的門開口：

「店長，有臨時單！可以現在做第二組的十五號嗎？」

「冰箱裡有庫存啊。」

「客人希望不要放奇異果……」

「喔喔，原來如此。」

雅子阿姨朝我這邊的工作檯看了一眼。

第二組的十五號……啊，剛好就是我現在要裝飾的這個。

「夏目。你那個不要放奇異果，裝飾完就先給客人。」

「那空出來的地方要怎麼辦？」

「就補上夏目最真摯的愛吧♪」

「請問空出來的地方要怎麼辦？」

「補上放在那邊的對切草莓吧……」

「好的！」

我照著指南的步驟裝飾，並在原本要放奇異果的空位補上對切的草莓。最後從上面淋下透明果膠再稍微抹平……好，完成了。

在做這個動作的時候，會讓我想起暑假製作后冠時的失敗回憶……我不會再重蹈覆轍了！

裝進盒子裡完成之後，我拿到櫃檯那邊。

「做好了！」

負責結帳的店員正忙著應對其他客人。她朝我看了一眼，示意要我直接拿給客人。

「呃——點了這個蛋糕的客人是……」

會是那個帶著小孩的媽媽嗎？

「請問是不放奇異果的客人嗎？」

「啊，對，就是我們！」

確認商品之後，就要跟客人結帳。

當我正要拿蛋糕給客人時，大概是幼稚園年紀的女生搶先伸直了雙手。她是個一頭綁著雙馬尾的可愛小女孩。

「我要拿！」

「咦……媽媽拿就好啦。」

「我～要～拿！」

感覺勸不聽的樣子。

她媽媽也屈服了，便決定將蛋糕交給那個小女孩。見我謹慎地把商品遞過去，她也小心翼翼地接了下來。

當我緊張地在一旁看著時，紙盒稍微晃了一下。

「啊！」

幸好她還是有穩穩地重新拿好。

我跟媽媽都鬆了一口氣，並相視露出苦笑。

「謝謝光臨！」

「拜拜～！」

目送母女倆離開之後，我覺得很溫馨地回到廚房。

「這種感覺很棒呢……」

雅子阿姨面帶竊笑地拿了一張資料到我面前晃了晃。

「呵呵呵。夏目，那你等等寫一下這個吧～？」

「竟然把結婚申請書帶進廚房，真的很不可取呢。我要報警。」

「哇啊～！我開玩笑的啦～！」

這時動作俐落地切著水果的榎本同學惡狠狠地瞪了過來。她拿在手上的水果刀也閃耀銳利的光芒。

「都這麼忙了，你們都給我認真做事。」

「是……」

「好啦～……」

……然後到了下午四點。

總算是做完該準備的數量了。

就連我也累到癱坐在椅子上。

「呼啊～做完了……」

「小悠。辛苦了。」

「榎本同學也辛苦了……」

不愧是榎本同學，感覺還很從容……

我們一起把最後一個蛋糕盒放進後場的大型冰箱裡。早上這裡還塞滿了鮮奶油跟水果，現在則是放了滿滿的蛋糕盒。

我看著眼前多到要抬頭仰望的聖誕蛋糕，不禁被震懾住了。

「今天晚上應該不會有地震吧……？」

「感覺太像在立旗拜託你別說了……」

放好最後一個蛋糕，謹慎起見還是用冰箱裡的綁帶加以固定。這樣無論發生什麼事就都不會倒了。

回到廚房之後，只見雅子阿姨在慰勞所有店員。

「今天各位都辛苦了。只要過了明天，應該就不會這麼忙了。我們一起撐過去吧。」

「好～」

打工的阿姨們也紛紛面帶笑容地離開。在少了她們的廚房裡，我跟榎本同學提起了十足的氣勢。

今天就只剩下收拾的工作，還有……

「好啦。那麼，小悠。你準備好了嗎？」

「好了。請多多指教。」

在最後收拾之前……我還有最後一件事要做。

榎本同學替我準備好店裡使用的海綿蛋糕跟已經切好的水果。還有細心地放進擠花袋的鮮奶

油。

「這樣要做給小葵的蛋糕材料全都湊齊了。」

「謝謝妳！」

我著手準備包得很漂亮的食用花。

接下來就要製作送給日葵的原創蛋糕。

「那我去收拾了。如果你遇到什麼問題再跟我說吧。」

榎本同學這麼說完，就開始清潔起另一邊的烤箱。

「好，這就來做吧。」

以食用花為主角的蛋糕。

整體都已經構想好了。

首先就跟這間店的蛋糕一樣，用兩片海綿蛋糕夾起水果及白色鮮奶油。

接下來就是最重要的步驟。因為沒有多的備用材料，一次就要成功。

拿起抹刀，我在眼前的圓形蛋糕上勾勒出「那一天」的情境。

——集中精神。

記憶就像昨天的事情一樣鮮明。

那天天氣非常晴朗。

雖然帶著涼意，但清新的空氣非常舒服。

水很冰，反射太陽光輝的溪流顯得閃閃發亮。

簡直就像鮮紅的楓樹林沉在溪流當中似的奇幻光景，直到現在還深深烙印在腦海中。

『我們兩個要永～遠都不褪色喔♡』

為了重現日葵那天的心境，我細心地舀起鮮奶油，分別放入三個鋼盆之後，再用紅色的食用色素做出三種色彩。

完全上色的紅、剛開始變色的黃色，以及鮮豔的橘色。我用三把抹刀將各色交互重疊在一起，並抹上海綿蛋糕。然後刻意在表面做出凹凸不平的效果，呈現出秋天鋪滿地面的楓葉地毯。

這個做法不會讓三個顏色都混在一起，而是更加襯托出彼此的色彩。

（雖然趁著打工的空閒時間做了很多練習，但還是很困難……）

只要有不平整的地方，鮮奶油的厚度就更得抹得平均才行。如果鮮奶油只在一個地方隆起，馬上就會給人雜亂的印象。

就算變成那樣也不能用抹刀削落。更不可以讓三種顏色的鮮奶油混在一起。

（希望可以讓日葵鮮明回想起以戀人身分玩得很開心的那一天……）

我希望在這個小小的蛋糕上，可以營造出讓日葵不禁想要大字躺下去的那種龐大世界。也想留下跟日葵一起體驗過的證明。想做出一個讓她在感受著那股美麗的同時，拿刀子切下去的那種蛋糕。

……鮮奶油抹好了。最後就用請新木老師訂的食用花代替水果撒上去──

「……好！」

注意到我做出勝利手勢，榎本同學也湊過來我手邊一看。接著發出「哦哦……！」的讚嘆聲。

「哇，好厲害喔……」

「雖然過程很緊張，但能順利完成真是太好了。」

重現出美麗楓葉景色的蛋糕。

若要針對這個主題補充說明……

「我把跟日葵交往後第一次出遠門約會賞楓的情境做成了蛋糕。」

「這確實感覺是會讓現在的小葵最開心的禮物呢。」

但能做出來真的就像奇蹟一樣。

蛋糕的完成度比我預料中還要精緻。當我「呵呵呵」地開心笑了笑時，用手機拍下照片的榎本同學隨口說道：

「小悠真的很擅長利用一些東西重現回憶或是他人的感情呢。」

「回憶？」

我一面準備收納蛋糕的紙盒，但這番話令我費解地歪過頭去。

「六月那時你也是聽學校的學生們闡述心情，做了很多特製飾品吧。那個時候也是大受好評……除了少部分之外啦。」

「啊～是沒錯……除了少部分之外。」

雖然是有點苦澀的回憶，但那也是一次珍貴的經驗。

問題在於我完全沒能活用那次經驗就是了。

回頭想想，我總是如此。無論東京之旅還是校慶，就算我經歷了再珍貴的體驗，還是不知道該怎麼化為行動。

大概是因為我還不夠成熟……但心裡也有著無法完全接受這個藉口的疙瘩。

我該前進的方向究竟在哪裡呢？我並不像東京的天馬跟早苗小姐那樣有著自己的特色。或者該說是作為創作者的個性呢……

並不是只有我在做花卉飾品。

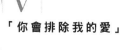

只要上網找找，多的是做工比我還精美的人。

我的個人特質就只是很喜歡花，而且稍微可以貼近客戶的心境而已。我不覺得這能成為一位創作者的特色。

懷著這樣的想法，我否定了榎本同學的話。

「但是，那點程度的事情任誰都能辦到。我稱不上擅長。」

一邊這麼說著，我就將要給日葵的蛋糕收進冰箱。

好了。接下來只要整理完廚房，再把這個帶回家就好。

「榎本同學。我來打掃地板……咦？」

因為榎本同學睜大了雙眼，讓我也跟著露出了奇怪的表情。

「辦不到喔。」

「咦……？」

聽她這麼說，我不禁感到困惑。

「只打掃地板不夠嗎……」

「不，我不是在說那個，而是關於飾品……」

關於飾品？……剛才她說用東西重現他人的回憶之類的嗎？

我還以為這個話題已經結束，所以嚇了一跳。見我一臉茫然的樣子，榎本同學繼續接著說下去：

「一般來說，那是不可能的。要重現他人的心境這種事，以一般人的品味來說辦不到。」

「但你們家也是按照客人的需求來製作蛋糕吧……」

「當然是可以顧及客人喜歡的水果，或是避開會過敏的食材之類的。但我覺得那在本質上截然不同。」

榎本同學這麼說著並開始清洗做蛋糕的器具。

「甜點師基本上都是表現出『自己的世界』。別人雖然會送上『做得好美喔』之類的稱讚，但那終究只是甜點師自己內心的世界。」

「我聽不太懂耶……」

我一邊打掃地板，話題也漸漸深入下去。

「我覺得是因為小悠很自然就能做到這一點，才會沒有實感。以一般人的品味來說，要讓客人的心境實體化是不可能的。因為那就代表可以窺見他人的內心世界吧？我就一直很佩服你，想說『這個人有辦法做到這種奇怪的事啊』。」

「奇怪的事……」

突然對我這樣講，感覺心有點痛耶……

榎本同學帶著苦笑，壓了壓洗碗海綿擠出了泡沫。

想變成什麼樣子？

我想成為什麼樣的創作者？

好好想像吧。

先想像出來再說。

如果沒辦法勾勒出終點，遑論選擇該前進的道路。

也是需要一股腦地往前衝，遇到什麼就隨手累積起來的經驗值。

不過重點在於要如何運用。

至於會不會辜負那些經驗，全都端看堅定的想像。

我忍不住抓起榎本同學的手。

「榎本同學！」

「怎、怎麼了……？」

「榎本同學──！」

「是！」

榎本同學儘管茫然，還是注視著我的雙眼。

她拿在手上那個擠滿泡沫的洗碗海綿隨之滑落，掉到了地上。

我的心跳飛快，並湧上了莫名其妙的情感。但我並不覺得討厭，反而感到非常舒坦……總之，我心中閃過一道強烈的念頭。

此刻是我有生以來，第一次對自己抱持期待。

「我啊，現在想了一件非常愚蠢的事。」

「這樣啊……？」

「如果這真的可以實現……」

「唔，嗯……」

我拚命想把這個念頭化作言語說出口。

卻又非常困難，真的不知道該怎麼講才有辦法傳達出去。

我就只是拚命地注視著她的眼睛。

榎本同學的雙眼中蕩漾著些許困惑時——

……不知為何，雅子阿姨就帶著不懷好意的笑容出現在門口。

「哎呀～♪我想說怎麼會這麼慢才跑來看看……是不是打擾到你們啦？」

我們這才察覺到自己的姿勢。

「…………」

「…………」

啊！

連忙離開彼此身邊後，我趕緊撿起拖把。榎本同學也換了一個新的洗碗海綿，重新壓了壓擠出泡沫。

然後我們就像什麼事都沒發生過一樣，重新開始進行打掃。

雅子阿姨賭氣地噘起嘴唇。

「討厭，你們怎麼這麼害羞啊～」

「媽媽，少囉嗦。有什麼事嗎？」

榎本同學非常不開心地發問。

不過我懂喔。就連我也覺得太難為情了，甚至想直接消失……

「啊，對了對了！我要跟你們說已經準備好了，打掃完就直接到家裡的客廳來吧。」

「準備好了？」

我跟榎本同學只能面面相覷。

♣ ♣ ♣

打掃完之後，我們一起前往客廳。

在踏進去的瞬間，拉炮就「砰！」地響起。拿著拉炮的雅子阿姨用非常開心的聲音說：

「歡迎來到榎本家的聖誕派對～！」

「…………」

桌上已經擺滿了為派對準備的東西。到底是什麼時候準備的……

榎本同學傻眼地問道：

「媽媽，這是怎樣……？」

「明明是我的女兒，反應也太薄弱了吧。因為明天會忙翻天，所以我才想趁著今天舉辦聖誕派對啊～」

「以前也沒有辦過這種活動吧……」

「那是因為凜音都不感興趣，我才沒辦的啊～媽媽可是一～直都很想辦的說！」

「……喔，是喔。」

榎本同學感覺很過意不去地問我：

「小悠，你有空嗎？」

「當然是沒問題啦……但那邊讓我很在意。」

沙發上坐著一位先抵達的客人。

也就是住在後面寺廟的輕浮帥哥。

真木島拿著紅酒杯一邊搖晃著葡萄口味的芬達汽水，一邊面帶竊笑說道：

「啊哈哈。說得好像我不能出現在這裡一樣耶。也不想想是多虧了誰，你才有辦法像這樣順利迎來年末假期啊？」

「期末考那時真的非常感謝您的協助！不好意思是我太囂張了！」

雅子阿姨說到做到，之前就趁著打工的空閒時間，請真木島幫我惡補了期末考的內容。

……我還是第一次發現，沒想到這傢伙也很會教人念書。應該說很貼近不會念書的人的感受吧。

如果雲雀補習班是鋼鐵讀書會，這傢伙的教法就是很體貼初學者的懷柔讀書會。雖然我也不知道自己這樣的形容是什麼意思，但感覺就是這樣，我也沒辦法。

真木島身旁剛好有個空位，我就在那裡坐了下來。

「真木島，原來你是會參加家庭聖誕派對的類型啊。」

「要把獨占美少女跟美魔女的聖誕之夜的權利讓給你一個人，還是會讓我很心疼啊。這是為了保持世界平衡的必要勞動。」

「你當著兒時玩伴跟她媽媽的面講這種話之前，都沒有一點猶豫的嗎？」

「哈！事到如今有什麼好猶豫的。因為這點程度就害羞的話，可沒辦法搭訕女人。你也稍微習慣一下比較好。」

接著他就向坐在對面的榎本同學說：

「欸，小凜。妳來當小夏傾訴甜言蜜語的練習對象。」

「莫名其妙。榎本同學，妳不用認真聽他講話。」

結果榎本同學很乾脆地點了點頭。

「好啊。反正我們是命運共同體。」

「竟然答應了……」

真的拜託不要嘴上這麼說，卻為了隨時可以迎擊而擺出鐵爪功的手勢好嗎……

這時雅子阿姨端出了現成的派對餐點。

「來～那麼大家也來換上這些衣服吧～」

「換衣服？」

她依序拿給我們裝在DONKI塑膠袋裡的聖誕節服裝……這麼說來，井上&橫山二人組在校慶

上也穿了這樣的服裝呢。

然而她興高采烈地拿過來的服裝，我們都沒有想要換上的意思。這也是理所當然的，要高中生在家庭派對上穿這個難度也太高了……

我拿到一件馴鹿帽T。

「來，夏目也快換上吧♪」

「不，我不太適合這種服裝……」

「別擔心。你總是被女生吃得死死的感覺，就跟馴鹿非常像喔♪」

「吵死了啦換就換！」

結果就敗給激將法答應換上了……

榎本同學也說「既然小悠都要換了……」，很不甘願地拿著聖誕老人服裝站起身來。

「榎本同學，這樣好嗎？」

「因為媽媽一旦變成這樣就會很煩……」

正當榎本同學要出去換衣服時，雅子阿姨也在她身後想跟著一起去。

「我也來換～！」

榎本同學立刻抓住她的頭。

「不、準、換。」

「咦～但是但是～……」

「我不想在這個年紀還看媽媽穿聖誕老人裝。」

「噗～！」

嗯——我很能理解榎本同學的心情。

要是看到咲姊打算換上這種衣服，我應該也會盡全力阻止她。但我倒是很想看日葵換上聖誕老人裝就是了。

結果雅子阿姨只戴上了聖誕帽。

真木島一副已經完全習慣的樣子，跟我一樣穿上馴鹿帽T。接著就毫無遲疑地拿起筷子夾餐點來吃。

「那就趕緊來吃飯吧。」

「明明是別人家的餐桌，真虧你能這麼不客氣耶。」

「啊哈哈。畢竟我從小就常來打擾啊。來啦，小夏也吃吧。這家烤牛肉超好吃的喔。」

「呃，那我也開動了。」

精肉店「肉舖太田」的自製烤牛肉。

這是用我們當地產的和牛做成的極品烤牛肉。烤到全熟的牛肉肉質柔嫩到外觀完全無法想像，不分男女老少都能享用。

而且香料用得相當絕妙，就算不沾醬也沒關係。不，不如說不沾醬說不定還比較美味。

除此之外，桌上還擺了很多派對餐點。於是我跟真木島一起一口接著一口，填飽青春期男生的胃。

這麼說來，今天打工時都沒時間吃東西，肚子真的很餓。看著我們猛吃的樣子，雅子阿姨感覺很開心地笑著說：

「今天沒什麼時間，只能端出買回來的料理真是抱歉喔～」

「不會。這非常好吃。」

「啊，這個炸雞也很好吃喔。是在中華料理店買的。」

「勞煩妳準備這麼多道菜真是不好意思。」

「反正是為了將來的女婿呀，別放在心上♪」

「一想到這是最後一次聽到這種玩笑話，或許也覺得有點寂寞呢。」

「…………」

「回應一下好嗎？呃，不要無視啊！」

這時榎本同學回來了。

她一身正統派的裙裝款式，同時也戴著跟雅子阿姨一樣的帽子。

「竟然已經開始吃了……」

「啊，榎本同學。妳穿聖誕老人裝很好看呢。」

呀啊！

才說完就順勢接下一記朝著鼻子而來的上鉤拳。我正準備要吃的炸雞也跟著掉到桌上。

「呀啊啊！為什麼打我！」

榎本同學氣噗噗地叱責我：

「有女朋友的男生不可以隨便誇獎其他女生。」

「不，剛才那只是極為正常的感想而已吧？」

真木島竊笑不已。

「小凜，妳怎麼變得一點也不從容啊？話說到底，妳不想被他稱讚的話，不要換上這套衣服不就好了？我看妳其實很想被他稱讚吧？」

「……小慎。要不要我把冰箱裡的鮮奶油全都塞進你嘴裡呢？」

「住手。我開玩笑的。妳真的也太缺乏從容了吧……」

雅子阿姨雙眼發亮地說著「兩個兒時玩伴為了夏目而爆發爭執……這就是青春啊！」之類的話。我想並不是那樣……

「啊，來看個電影吧。大家想看什麼？」

雅子阿姨打開電視選了Netflix。

「我都可以……」

「我也都可以。」

「我也是隨便耶。」

「你們幾個孩子，怎麼全都一點也不像高中生啊。」

雅子阿姨打開她喜歡看的戀愛實境節目。就是那個一群男女賭上心儀的對象而針鋒相對的那種類型。

說真的，是我不太喜歡的節目。

「這我有點……」

「我也覺得不太好。」

「我也沒有很想看耶。」

「討厭！你們怎麼全都是現代小孩啦！」

結果我們決定看聖誕節必看的《小鬼當家》。

「這部就算已經知道結局還是會笑出來呢。」

「就是說啊。我懂。」

喂，真木島，你不要配合電影劇情做出準備被嚇到的反應啦……

在那之後，我們悠哉地享受了電影時光。順帶一提，榎本同學看得最認真。好可愛。

在這當中，日葵用ＬＩＮＥ傳來「明天約下午一點好嗎？」，於是我也回覆「好」……啊，因為看電視笑得太開心，選字不小心變成「豪」……算了，她也看得懂吧。

（……這樣啊。明天的這個時候，我已經在跟日葵共度聖誕節了啊。）

約會計畫很完美。

首先中午左右碰面之後先去看電影。就看日葵之前說想看的愛情片。

那傢伙是看完電影會想盡情討論感想的類型，所以我也事先調查好了附近哪裡有氣氛不錯的咖啡廳。

在那之後就到鎮上的飛鏢遊樂場之類的地方消磨時間。我有三個左右的候補選項，到時候再看心情決定吧。去山上的觀景台眺望漸漸入夜的城鎮感覺或許也不錯。

最後回到我家辦聖誕派對。

雖然只是簡單的派對，但日葵應該會覺得高興才是。然後再一起吃要送給她的聖誕蛋糕，度過一段平靜的時光。當然也不會忘了要送日葵回家。

怎麼樣，這個約會計畫很完美吧。

直到三年前滿腦子都只有花的我，也變得能夠像這樣安排出跟可愛女朋友共度的理想約會計畫了。就算跟那個時候的我這麼說，應該也不會相信吧。人生真的處處是驚喜啊。

呵呵呵……當我遙想著明天的約會，坐在旁邊的真木島一副退避三舍的感覺。

「……小夏。你的表情感覺很噁心耶。」

「……小悠。在關燈看電影的時候這實在有點……」

太過分了吧？

很可惜的是在這個場合也只能服從多數。我坦率地收斂表情。偏偏就在這時候，電影播到小偷被從窗戶丟出去的地方，結果又笑了出來。

感覺大概就像這樣度過了兩個小時左右。

雅子阿姨這時忽然按著額頭沉吟：

「好痛好痛……」

「怎麼了嗎？」

我想說她是不是身體不舒服而有點擔心。

不過雅子阿姨苦笑著說聲「沒什麼啦，別擔心」。

「對不起喔。我好像有點太累了。可以先去休息嗎？」

「啊，好的。當然沒問題。這裡就請交給我們收拾吧。」

隨著聖誕派對的主辦人離場，我們也就自然而然地散會。

真木島馬上就回家去了。

「那接下來的時間就留給你們親密吧。」

「呃，你也來幫忙一下啊。」

「啊哈哈。我還得回去做寒假作業呢。這次就把我當成客人，放我一馬吧。」

「算了，是沒差啦……」

我跟榎本同學一起動作俐落地收拾完畢。在這一個月左右的打工期間，已經習慣處理這些事情了。

我將桌上整理得乾乾淨淨，榎本同學則是將碗盤都洗好了。

「聖誕老人裝配上圍裙，總覺得很詭異呢。」

「看到馴鹿在端盤子也很奇怪啊。」

「店長說得對，我真的被吃得死死的……」

「呵呵！」

嗯——

總覺得因為打工的關係而變得太親近，有點可怕……換作是日葵……應該不會出現這樣的情境吧。那傢伙基本上也不太會做家事。

「是說店長真的沒問題嗎？」

「她最近是有點在咳嗽……但應該沒事吧？畢竟那個人感覺只有健康這點可取。」

「之前好像也聽妳說過這句話呢……」

畢竟對榎本同學她們來說，明天才是最忙的時候。撐過去之後，店長應該也能好好休息一下了。

「這樣就差不多了吧？」

「嗯。都已經弄好了喔。」

客廳都收拾乾淨了。

看了看時間，已經快九點了。當我心想真的該回家的時候，才發現有件事還沒說出口。

「那個，榎本同學。」

「怎麼了嗎？」

「我透過這次打工的經驗，感覺好像又掌握到了什麼。這些全都是多虧了榎本同學。」

「…………」

榎本同學微微歪過頭，直直注視著我。

「我會成為一個厲害的創作者。該說是讓榎本同學覺得有協助我的價值嗎……總之，我會成為那樣的創作者，並努力讓自己總有一天可以報答妳。」

……總覺得愈說愈難為情，害我一口氣就把話說完了。

不過想說的話全都說出口了。

我從廚房的冰箱裡拿出要送給日葵的蛋糕。然後連忙到玄關穿上鞋子。

「那、那我也要回家了。」

「啊，小悠……」

忽然被她叫住，我也回過了頭。

榎本同學感覺有些遲疑……但還是露出一抹微笑。

「明天跟小葵的約會要加油喔。」

我點了點頭。

「嗯。」

當我走出店外，迎面而來的是澈底變冷的冬天氣息。

明天就是跟日葵交往後的第一個聖誕節了。

♡ ♡ ♡

一夜過去，來到平安夜的早晨。

我跟平常一樣，隨著手機鬧鐘響起而醒來。

待在床上茫然地仰望天花板時，腦海中浮現昨天小悠對我說的話。

「……會成為厲害的創作者以報答我是吧……」

我也不是想聽他對我講出這樣的話……不過，是沒差啦。反正那個人又不是帶著惡意這麼說的。

我伸了個懶腰……這時便覺得不太對勁。

「……咦？媽媽還沒起床嗎？」

家裡太安靜了。

照理來說，媽媽應該已經到廚房做準備了才對……

我離開房間並走下樓梯。

「媽媽。妳怎麼還在……咦？」

我順勢朝客廳看了一眼。

……只見媽媽整個人癱在沙發上。

「媽、媽媽！」

「啊～凜音，妳起來得真是時候呢……」

「妳怎麼了？哇，發燒了……」

「呵呵呵。昨天我有先吃了藥才去睡的說……」

她的臉好燙。

媽媽的房間就在一樓，我趕緊把她帶到床上去。

「妳得乖乖躺著才行。」

「但我還要準備開店……」

「那個我來處理就好。不然妳也會把感冒傳染給打工的大家。」

「唔～……」

我從冰箱拿來退熱貼，貼在媽媽的額頭上……雖然不記得放多久了，但應該不至於不能用吧？

我到廚房煮粥的同時，不禁苦惱了起來。

「怎麼辦？我知道媽媽最近一直在咳嗽，沒想到竟然會感冒……」

無論如何，我都得自己一個人來做才行。今天主要是販售預約單的蛋糕，只靠我應該總有辦法應對……

我拿著粥跟感冒藥回到媽媽的房間，看了一下夾在她腋下的溫度計。

「……三十八度。妳還是好好休息吧。」

媽媽虛弱地笑著說：

「凜音，對不起喔。」

「真是的。既然身體真的不舒服，就跟我說一聲啊。」

「呵呵呵。因為凜音看起來很開心的樣子，不小心就錯過跟妳說的時機……」

「咦……」

媽媽無意間說出口的話，讓我倒抽了一口氣。

這幾個月來……

不，從四月到現在，我時常在協助「you」的活動。

雖然社團活動也請假很多次，但問題在於沒在蛋糕店幫忙的時間變多了。

如果這直接變成媽媽的負擔的話呢？

「……該不會是我害的吧？」

在自己房間做準備時，我不禁這麼喃喃自語。

因為我滿腦子都只想著小悠的事……我明明知道長期在店裡幫忙的打工阿姨離職，又遲遲找不到兼職人員而快忙不過來……

這是因為比起店裡的事，我更以自己的戀愛為優先的關係嗎？

更何況我都注意到媽媽一直在咳嗽了……

「……我真的有辦法一個人應對嗎？」

至今從來沒有過媽媽不在店裡的狀況。

我平常確實有在幫忙，但也不知道能不能好好處理所有工作……

「也沒時間猶豫了吧。我得好好加油才行。」

總之，只要撐過今天就好。

明天二十五日雖然是聖誕節當天，不過蛋糕的販售數量會大幅降低。不如說主要的工作甚至會變成是收拾店內裝飾。

如此一來，至少到跨年過後都不會這麼忙。

「上吧——！」

我來到店裡，開始進行開店的準備。

接著跟早班的打工人員們說明媽媽感冒的事情。並跟她們說準備一些烤點心之後就專注於販售。

按照往年的狀況，剛開店是最忙的時候。

在服務為了只在這一天限定販售的蛋糕而來的客人們的同時，還要將客人事先預約的蛋糕交付出去。過了中午應該就能處理得差不多了。

果不其然，在店內準備得差不多的時候，蛋糕店前面已經出現排隊人龍。

在開店的同時，許多客人紛紛進到店內。為了不要搞錯訂單，我一個個謹慎地應對。

販售過程很順利。

……不如說太過順利了。

當我發現異狀的時候，時間還沒過中午。

「糟糕。蛋糕不夠……」

來客數比往年還要多。不只是事先預約的蛋糕，做來當天販售用的蛋糕也賣得很快。

也就是說，店頭的展示櫃很快就變得空蕩蕩的。

聖誕節的時候，蛋糕店的展示櫃怎麼可以空蕩蕩的。我連忙對打工人員們做出指示，開始製作當天販售的蛋糕。

打工的阿姨擔心地對我說：

「凜音啊，妳今天一直忙個不停，還是稍微休息一下比較好吧……」

「我沒事的！更重要的是水果的庫存量……」

我打開冰箱，確認水果的庫存。

……勉強還夠吧？

要是沒有水果，也只能跟客人說蛋糕都賣完了……但是媽媽不在的時候，可以做出這種決定嗎？

如果下午來客人潮中斷的話……如果聖誕節沒有蛋糕的事情傳了出去，從而影響到大家對這間店的評價……啊，說穿了，這些水果應該是要拿來做明天蛋糕的分……還是現在打電話問水果店……咦？但今天是他們的店休日……

我有種暈頭轉向的感覺。

好奇怪。之前聖誕節遇到這些狀況都能輕鬆應對才是。

我得好好處理才行。之前給媽媽添了這麼多負擔，我必須努力去做才行……

就在這個時候，店裡的電話響了。

「點、點心之家，『貓妖精』您好！」

這通電話是老主顧，也就是附近的醫院打來的。

聽到電話另一頭詢問的事情，我不禁變得一臉鐵青。

「……要訂十個整模蛋糕？」

他們每年都會為了住院患者舉辦聖誕派對，而向我們下大筆的訂單。

今年沒有接到他們的訂單，還想說不知道是怎麼了……原來不是改向其他店家訂購，而是不小心忘記訂蛋糕了。

「好、好的。蛋糕種類可以依照我們店裡的庫存狀況挑選嗎……好。屆時會告知各款蛋糕的過敏原成分。那就等您下午三點前來取貨……」

掛掉電話之後，打工阿姨問我：

「凜音。接下這筆訂單沒問題嗎？」

「但、但他們是老主顧了，必須做給他們才行……」

我連忙跑去確認冰箱裡的狀況。

「總之後場的冰箱裡還有海綿蛋糕，麻煩請先去做好準備。水果的話，這裡有的應該勉強夠用……啊！」

正當我要拿草莓來切，並從冰箱裡整盒拿出來的瞬間。

我不小心絆到腳，當場跌倒了。拿在手上的那盒草莓掉到地上，草莓也跟著滾落出來。

廚房陷入一片寂靜。

「…………」

怎、怎麼辦……

總之先打電話給水果店……咦？剛才不是說今天是他們的店休日？該怎麼辦……只用剩下的水果去做的話分量會不足……總不可能做出只有鮮奶油的聖誕蛋糕……

見到我微微顫抖，打工阿姨溫柔地拍了拍我的肩膀。

「凜音。這裡由我們來收拾，也會先準備好海綿蛋糕。妳去稍微休息一下。」

「謝、謝謝……」

我搖搖晃晃地走出廚房。

坐到客廳的沙發上喘口氣。冷靜下來之後，就會發現剛才的自己有多麼慌張。

「怎麼辦？雖然順勢接下那筆訂單，但真的來得及嗎……」

面對信賴我們店的老主顧……也沒辦法現在才去取消人家的訂單。但是沒有材料也無能為力……

到了下午，店裡的打工人員也會減少，這樣人手就不夠了。如果店裡有個能放心交付裝飾工作的人就好了……但這種人又不會那麼剛好現身……

「怎麼辦……怎麼辦……」

我到媽媽的房間看了一下，只見她睡得很沉。

現在只能讓她好好休息了……店裡就由我……

但我能做到什麼？

人手不足。

材料也不夠。

在這樣的狀態下，我不覺得自己能夠做到什麼。

「這種時候，如果姊姊在就好了……」

差點就脫口說出喪氣話，這讓我連忙搖了搖頭。

「思考一個不在這裡的人也沒意義。我得去做現在做得到的事情才行……」

總之，我試著打電話給小慎。

……雖然我早就知道他會怎麼回答了。

『啊?像我這種外行人就算去廚房幫忙,應該也只會造成店裡的負擔吧?』

「但、但是,總比都沒人幫忙好吧……我現在要去附近的水果店找找水果……」

『而且我等一下就要去跟女朋友約會了。才沒有那個美國時間。』

「~~~~小慎這個笨蛋!」

小慎嘆了一口氣。

『不如說,妳根本找錯人幫忙了吧?』

「咦?」

『妳為什麼不先聯絡小夏?比起我這種人,找他幫忙比較實際吧?』

「但、但是小悠要跟小葵去約會……」

『……雖然無法接受因為這樣就覺得可以隨便使喚我,但總之只是先去拜託看看應該也沒差吧?』

「但是……」

當我猶豫不決時,小慎輕浮地笑了笑。

『我還以為妳在經歷那趟東京之旅後脫胎換骨了,但小凜還是沒變啊。』

「什、什麼意思……?」

『真的是個「只會抽下下籤的乖孩子」。』

「……唔！」

我忍不住掛掉電話。

手上抓著手機，並大嘆了一口氣。

當我累到閉上雙眼時，浮現的是一臉認真地做著聖誕蛋糕的小悠。

重現出楓葉地毯的情境，世界上獨一無二的蛋糕。

只為了小葵而做的蛋糕。

雖然覺得既矯情又耍帥，但還是讓我有點羨慕。

「……不行。我現在是小悠的命運共同體。」

不可以妨礙到小悠跟小葵。

因為我已經決定要對小悠死心了。

既然是自己決定的事情，就得自己遵守才行。

但是……

「為什麼每次都是我要忍耐呢……？」

……小悠真的很狡猾呢。

平常總是說我對他很重要，但絕對不會給我最想要的東西。

小葵也是，明明就說我是朋友卻對我說謊。

一開始還說會支持我的戀情。

明明就知道我還喜歡小悠。

她總是自己獨享好處，什麼都不給我。

再怎麼強悍的人，也不可能只靠回憶活下去。

……難道我這輩子都要當只會抽下下籤的乖孩子嗎？

「……咦？」

當我醒過來的時候，連忙從沙發上跳起來。

糟糕，我睡著了！

「睡了多久……哇，已經過一小時了！我的天啊，總之水果省著點用，然後價格算便宜一點好了！」

我慌慌張張地做好準備，並趕緊前往廚房。

臉色好難看。

雖然不想在這種狀態下出現在打工人員們的面前，但也不是在意這種事的時候了。

「對不起，我太晚過來了！海綿蛋糕準備好了嗎……咦？」

一打開廚房的門，我頓時愣在原地。

不知為何，小悠人就在廚房裡。

我瞬間懷疑自己是否還在作夢。

小悠就跟直到昨天一樣穿著我們店裡的制服，專注地在裝飾蛋糕。

他手邊是用三種顏色的鮮奶油做出來的原創蛋糕。

層層抹上紅色、黃色及橘色，勾勒出漂亮的楓葉地毯。

接著一臉認真地向不知道是什麼時候起來的媽媽問道：

「這樣可以嗎？」

「…………」

這個人還是只把我當朋友看待，而且也依然喜歡小葵。說不定這句話他也已經用過很多次，只是對我說了用在小葵身上的老話而已，雖然這樣一想也讓我覺得心情非常複雜……

但在此時此刻——我就是他在這世界上的「第一」。

這個事實，讓我覺得留在心中那根初戀的刺輕輕地掉落了。

◇◇◇

平安夜的上午。

我在自己家裡準備去跟悠宇約會。

挑了一套可愛的衣服，化了完整的妝，要給悠宇的聖誕禮物也準備好了。我站在房間的鏡子前面，擺出漂亮的姿勢，並再次確認了今天的自己也是無敵可愛。

然後下定決心，並狠狠瞪著自己。

「……一定要好好對悠宇說出口。」

說我也想加入他們的行列。

要因為莫名堅持己見跟他道歉，並說再讓我們三個人作為「you」一起活動吧。

讓榎榎主導也可以。

我會作為模特兒成為悠宇的助力。

也必須對榎榎道歉才行。要因為對她說了過分的話道歉，也要因為至今對她撒了很多謊而道歉。

但是……

「唔嘎啊~……！好可怕喔~~~~！」

我獨自在床上拍打著手腳。

然後才驚覺地趕緊起身。照個鏡子確認裙子的皺褶……很好，勉強過關。雖然絕對出局了，反正悠宇不會在意這種事。那傢伙就是這樣的男人。這點也好喜歡。

「不行。我可不能自亂陣腳……」

如果榎榎說「那就把戀人的寶座讓給我當作懲罰」怎麼辦？

腦海中浮現了穿著長裙水手服的榎榎對我喊著「喂，全部交出來喔！」……不不不，這是哪個年代的不良少女老大啦。

但要是事情真的變成這樣呢？

「不要不要不要！我也是真心喜歡悠宇啊——！我一點也不想交給她——！」

但是，即使如此……

「……事情是我搞砸的。也得好好補償一下才行。」

我對著鏡中的自己表明決心。

從現在起，就要重新開始了。

希望悠宇最後還是會選擇我。

沒問題。

只要好好面對，就會得到回報。

哥哥也說過這正是命運共同體的第一步……好像有說過啦。咦，應該有說過吧？算了。反正那個人大概會這樣說吧。

……應該沒問題吧？

我心中還留著尖銳的刺。

在校慶上綻放的那朵不合時節的曇花。

那樣鮮明的畫面至今還揮之不去。

如果比起我，悠宇選擇了榎榎……

「……夠了，別想別想！這樣一點都不像我喔——！」

我拍了拍自己的臉頰。

很好，約會的時間差不多要到了。我拿起頸飾……嗯嗯？

手機在響。是電話啊？

啊，是悠宇打來的！

「悠宇，嗨～！我現在剛做完準備嘍～♪」

這時，悠宇語帶抱歉地對我說了。

『…………』

「咦？……啊，這樣啊。啊～……不，沒關係！那也沒辦法嘛。你去榎榎的店幫忙吧。

嗯……好。結束之後你再跟我說吧。」

然後掛掉電話。

他說要去榎榎的店幫忙，所以希望約會的時間可以往後延。

不過，既然是榎榎的媽媽感冒了，那也沒轍。

畢竟聖誕節對蛋糕店來說是很重要的日子，我也能理解會希望盡可能有人手來幫忙。

……雖然是可以理解。

「……比起跟我約好的事情，悠宇竟以榎榎為優先？」

我知道自己的肩膀自然而然地顫抖了起來。

怎麼可能。

怎麼會有這種事……

我知道那股打從身體深處湧上，而且無法與之抗衡的情感。

「……噗呵呵。」

於是我——當場放聲大笑。

「噗哈哈哈————！真沒想到竟然會在這種緊要關頭出現轉機啊～！我真是太厲害了，果然受到了神的寵愛啊！」

聽到我發出的怪聲而跑來的媽媽儘管覺得退避三舍，還是朝我的房間瞄了一眼。

「日葵，怎麼了嗎？妳不是要去跟悠宇約會嗎？」

「悠宇說要延到晚一點～啊，今天晚上我不會回來吃喔～☆」

「啊，這樣呀……但妳看起來好像很開心耶？」

「嗯呵呵～還好啦！」

我心情很好地一邊哼著歌，並一臉沾沾自喜的樣子想著。

這可以拿來當藉口吧？

「我退出『you』，而榎榎不能妨礙我們的戀人生活」。

反正毀約的是榎榎，這次我又沒有錯。

哎呀～這也沒辦法啊～要這樣做也讓我很心痛，但為了守住我跟悠宇的完美生活，這也是沒辦法的嘛～♪

我直接撲在床上，興奮地擺動著手腳。

「噗哈哈～我就是最強的美少女，日葵大人！可愛到就連運氣都站在我這邊，真是罪孽深重啊～沒有任何人能夠妨礙我步上霸道！」

媽媽露出一副可憐我的表情說道：

「……妳啊。雖然不知道是怎麼了，但也稍微冷靜點吧？」

「我很冷靜啊～very very cool.」

「是、是喔。算了，妳要適可而止喔。」

媽媽離開之後，我得意洋洋地用鼻子噴氣。

好啦～既然都這麼決定了，我就得來做好縝密的計畫才行呢☆

♣ ♣ ♣

下午四點。

去蛋糕店幫忙的工作告一段落了。

我騎著腳踏車，急忙前往跟日葵約好碰面的場所。

蕭條的鄉下小鎮的商店街前，儘管蕭條卻還是盡可能裝飾了滿滿燈飾的路口。世界第一的美少女無所事事地坐在那邊的長椅上等我。

「日葵，今天真的很抱歉！」

「沒關係啦～工作辛苦嘍♪」

她拿了一瓶罐裝熱可可給我。

穿著蓬鬆的針織毛衣，配上迷你裙跟厚底靴。一身整體來說穿得很薄的超有毅力風格。揹在肩上的小小肩背包也很可愛。

嗯～這無疑是冬天的妖精。唯有在旅途中遇到就會帶來好運的那種存在才能這麼可愛。

當我感慨著冬天的女朋友這麼可愛的時候，日葵一邊搖著拋棄式暖暖包一邊說：

「悠宇。打工那邊還好嗎？」

「啊，問題算是解決了。這都是多虧了日葵。」

「才不是。我什麼都沒做啊。」

好體貼。真不愧是日葵，這種時候還是會好好體諒我。

……雖然體貼過頭了還是讓我覺得不太對勁，但日葵也不是惡鬼。問題是出在讓女朋友顧慮這麼多的我身上。

現在就要好好寵她，以挽回名譽！

「日葵，妳有想去哪裡嗎？」

「咦？難道是沒有任何計畫？」

「不，我是有想過去看電影或是觀景台之類的，但都已經這麼晚了……」

「啊～也是呢。」

我確實有想過從觀景台眺望的夜景應該也很漂亮，但天氣實在太冷了。到了山上感覺風又會很大……

日葵苦笑道：

「那就去悠宇家吧？」

「這樣就好嗎？」

「反正我們隨時都能約會嘛。乾脆借部電影，兩個人一起悠哉地恩愛一下吧～」

「我是沒差啦。」

「而且老師也有可能會在平安夜晚上到處巡邏啊～」

「啊，結業典禮的時候確實有說過……」

要是被老師發現，又被叫去輔導室可就本末倒置了。

……不過負責管理教師的笹木老師此時正在約會就是了。

「走吧，悠宇。既然遲到了，就要好好寵我喔♪」

「啊，嗯。這是當然的。」

我跟日葵牽著手朝我家前進。

我家並沒有既定的聖誕節文化。小時候當然是有扮聖誕老人之類的，但基本上這個時期便利商店都忙得不可開交。

也因為這樣，我家裡沒有人在。

隔著一條道路對面的便利商店那頭，聚集了下班回來的上班族跟一起回家的情侶，顯得熱鬧非凡。

我們也跑來買晚餐跟一些點心，但是……

只見負責結帳的咲姊爆出青筋站在櫃檯那邊。

「……蠢弟弟。竟然在這種忙得要死的時候跑來約會放閃，膽子真大啊。」

「呃，我直到剛才也在榎本同學家工作，所以饒了我吧……」

這個決定果然錯了嗎……

正當我在哀嘆的時候，身旁的日葵露出一副淚眼汪汪的樣子。

「咲良姊，對不起。但是別責怪悠宇好不好～？」

「真是的，既然日葵都這麼說，那就算了。我順便把招待妳的現炸炸雞放進袋子裡，等一下拿去吃吧。」

「耶～謝謝咲良姊～♪」

我家姊姊對美少女也太好了吧？

是說同時放進袋子裡的另一塊明顯就快過期的炸雞，該不會是我剛才點的份吧？

總之買到食物的我們朝著我家前進。

後來我們在客廳過了好一段時間。

點亮日葵帶來的時尚香氛蠟燭，我連續兩天看了《小鬼當家》……但不是我在說，香氛的味道很好聞，而且氣氛真的超棒。這就是受歡迎的女人認真度過的聖誕節啊……

那麼，也差不多是時候了吧。

我在剛剛好的時間點站起身來。

並從冰箱拿出聖誕蛋糕的盒子。原本以為今天沒機會給她了，幸好最後決定在家約會。

我放到桌上之後，對日葵說明：

「那個，日葵。今年的聖誕禮物……我猶豫了很久，但決定送妳這個。」

「咦？蛋糕？」

「嗯。想說平常在妳生日的時候都是送飾品。何況這是我們交往後的第一個聖誕節，我就想活用在榎本同學家打工時學到的技巧，並加點變化。」

「…………」

我打開盒子給她看。

表現出楓葉地毯情境的食用花蛋糕。日葵看了應該會察覺，這是在重現我們去賞楓那時的回憶才對。

「…………」

「怎、怎麼樣？」

日葵雖然露出有點驚訝的樣子，最後還是笑著對我說：

「嗯。我覺得做得很棒耶。嚇了我一跳。悠宇果然超靈巧的呢～」

「呃，喔。對吧？」

……奇怪？

不，她喜歡這個禮物確實讓我很開心，但總覺得有點平淡。我還以為日葵應該會做出更誇張的反應。

難道她其實不喜歡？

一股微微的寒意從背後竄起。

是、是我想太多了嗎？畢竟今天的約會都泡湯了，說不定是因為這樣，才會有點提不起興致……

我們立刻就切了蛋糕並分著一起吃。

由於用的是榎本同學家蛋糕店的材料，因此味道是掛保證的……但該怎麼說呢，剛才那種不對勁的感覺害得我吃不出滋味。日葵也是很平淡地邊看電影邊吃。

……或許直白地問這種事情，會讓人覺得很不識相……

「那個，日葵。妳該不會不太喜歡這個禮物……？」

「咦？為什麼這麼問？很好吃啊。」

奇怪了～？

結果就這樣被她反問。這究竟是怎樣的心境啊～？

這麼說來，這完全是我人生第一次跟戀人過聖誕節，一點相關常識都沒有。難道現充們覺得即使是聖誕節也沒必要太嗨嗎？還是說我真的在某個環節做錯了什麼……？

當我苦惱得想在地上打滾時，日葵忽然說道：

「啊，悠宇。我也有禮物要給你喔♪」

「咦，真的假的？我還以為那個香氛蠟燭就是禮物了。」

「嗯呵呵～我一開始也是這樣打算，但剛好想到『別的好東西』了～」

「哇啊，好期待喔。」

我頓時放心下來。

總之日葵好像也沒有心情不好的樣子。天啊～我的心臟真的從剛才開始就一直跳個很快。

跟戀人共度的聖誕節，竟是伴隨著好像隨時都有槍口對準自己的緊張心情。可以的話，我甚至不想再體驗第二次了。

「嗯……？」

結果日葵從肩背包裡拿出一束神祕的紅色緞帶。

但除此之外沒有其他東西。而且緞帶還滿長的，當我感到匪夷所思的時候，不知為何她開始拿緞帶纏在自己身上。

在腰際打了一個漂亮的蝴蝶結之後，她抬起眼看過來並可愛說道：

「跟世界上最可愛的女朋友，做點……不可告人的事吧？」

「…………」

咕嘩啊……！

我忍下了差點就要咳血的衝動。

換句話說，這就是那個意思吧？不，除此之外不做他想了吧？我的天啊先等一下我不就說了不可以這樣突襲嗎！

掩飾著一口氣發燙的臉，我完全亂了陣腳。

「呃，那該怎麼說呢……不不不，我當然不覺得討厭……是說日葵，妳是這種個性嗎？……啊，對耶是沒錯。但今天也太突然了吧，而且不知道咲姊什麼時候會跑回來……」

當我自己一個人完全「哇啊——！」嚇到時，忽然察覺到異樣。

日葵的肩膀抖個不停，還拚命摀著嘴角。

……啊，這就是那個吧。非常久違的既視感。再說了，這真的也太狡猾了吧？竟然在這個時機點來這招啊……

就在我頓時冷靜下來的瞬間，果不其然響起一陣爆笑。

「噗哈——！悠宇，你完全猜錯嘍～！」

「…………」

受不了耶。

啊～但該怎麼形容這種莫名懷念的感覺呢？好像有點開心……不不不，我可沒有被虐傾向喔。就像在電視上看到以前說要在搞笑界闖出一片天而啟程的老朋友，而產生「那傢伙還是一樣很搞笑耶～」的那種感覺吧？雖然我實際上並沒有那樣的朋友啦……

在我拚命給自己找藉口的時候，日葵感覺很開心地戳了戳我的臉頰。

「嗯呵呵～悠宇也真是的，有夠悶騷的～你在期待什麼呢～？」

「那個，日葵同學？這是怎樣？」

在我感到傻眼的時候，日葵「砰！」地拉開拉炮。

「禮物就是——日葵美眉完全回歸『you』喔～！」

「……咦？」

這句話有點出乎我的意料。

見我難以理解這個意思時，日葵一臉得意地向我說明：

「你看，這次聖誕節的事情不就證實了嗎？如果只靠榎榎一個人，還是很難完美輔佐悠宇的夢想呢。畢竟榎榎還要幫忙自己家裡的工作，總不能一直只顧著悠宇吧？如此一來，必然還是需要我這個存在吧？既然她都侵害到我的戀情，就得要她乖乖認同才行——」

她滔滔不絕地說著自作主張的言論。

一邊聽她這麼說……頓時有種莫名其妙的「噁心感」朝我襲來。

與此同時，直到剛才覺得日葵不對勁的地方，似乎也總算浮現出模糊的輪廓。

也就是說，日葵是因為一直很想講這件事，才會完全靜不下來吧？所以就算約會遲到也沒關係，收到我送的禮物也沒有放在心上。

說真的，該怎麼說呢……這讓我非常不開心。

「不，日葵。這樣……不太對吧？」

「咦？不行嗎？為什麼？」

「因為原本是日葵自己說要退出的吧？而且這次榎本同學的事，也不是該受到這樣責怪的狀況……」

日葵感覺無法理解地靠近我的身體。壓上大腿的日葵的手，不禁讓我覺得像是陌生人的肢體接觸一樣。

「但我跟悠宇戀人間的聖誕節，確實就因此縮短了一大半喔。悠宇應該不是那種只顧著工作，而不重視家庭的人吧？」

「當然，我是這樣打算的……」

這樣講當然沒錯。

日葵所說的，確實沒錯。

但這樣真的好嗎？

以原則來說，她或許是對的。

根據事前聽到的內容來說，日葵說得沒錯。

但要是認同了日葵這樣的理論，之後會受傷的人並不是我。就算狀況變成像在責怪榎本同學一樣，我也要認同她嗎？

日葵是戀人。

是我在這世界上最重要的女朋友。

但身為一個人，不應該認同這樣的理論。

「只是一味地寵愛對方，並不是真正的愛情。知道嗎？」

掠過腦海的是我跟雲雀哥的約定。

前陣子去賞楓時，我宣示會跟日葵作為戀人走下去。所以雲雀哥就把日葵託付給我了。

那個時候我覺得非常開心。

我覺得總算是讓一直給他添了很多麻煩的那個人稍微認同我了。讓我得以告訴他自己再也不是受到庇護的對象，而是可以自己走下去的人。

我是日葵的戀人，但不是對她言聽計從的人。

當日葵失控的時候，我就要負責阻止她。

我發誓過要成為配得上日葵的戀人。

這份心意沒有任何虛假。

但我現在如果接受了日葵的意見……應該就沒資格成為她人生的夥伴。

為了日葵，我該做的是什麼呢？

面對日葵，我絞盡腦汁地思索。

我們已經決定好要走出兩人的小小世界，在外頭活下去了。

但為什麼無論過了多久，都沒有向前邁進的感覺呢？

究竟還需要什麼？

（……對了。仔細想想，答案其實很簡單。）

還需要的——想必是捨棄這個小小世界的覺悟。

背負著太過沉重的包袱，就沒辦法向前邁進。

所以我們才會無論過了多久，都離不開這個小小世界。

我很沒出息地回想起國中時的那場校慶。

在回家途中順便跑去的摩斯漢堡那裡，日葵惡作劇般地說：

「你那樣熱情的眼神只要看著我就好了。讓我獨占嘛。如此一來，不管你做了多少個飾品，我都會幫你賣掉——我們就成為這樣的命運共同體吧？」

謝謝妳。

我真的非常高興。

妳找上我的那個時候，真的讓我幸福到都快哭了。

在那個小小世界裡的回憶，對我來說無疑是人生中的寶物。

但是，如果是那個「特等席」讓日葵墮落的話——就是我的過錯。

我一直以來寵壞日葵的後果，現在回到自己身上了。

所以，我必須說出口才行。

會「適時又正確地引導彼此」，應該才正是我們理想中的命運共同體。

我緩緩抓住日葵的雙肩。

喉嚨乾到不行，緊咬的嘴唇也痛得不得了，內心更是難過得要死。

我一點也不想講。

好想忘掉這一切。

我知道自己正要說出很愚蠢的話。

也能聽見「只要接受這樣一般的戀愛，既開心又有趣地活下去不就好了」的心聲。

但是，如果那樣就能得到幸福——我打從一開始就不會選擇這樣坎坷的人生道路。

「從今以後，我也會為了日葵製作飾品。就算成為戀人，這點也不會改變。」

日葵的表情頓時亮了起來。

天啊，好可愛。這傢伙的臉蛋真的有夠漂亮的，可惡。

我在腹部使勁撐住就快動搖的決心。

「那就——」

但我大聲地打斷日葵說到一半的話。

「但是，那就算『沒跟日葵一起也沒關係』。」

我看不清日葵的表情。

但能感受到自己抓著的肩膀抖了一下。

「既然榎本同學有自己家裡的店要顧，相對的，是我該變得更強大。我的目標，是就算不借用夥伴的力量也得以立足的創作者。」

「我——不想讓我們的夢想，結束在『只是好朋友一起玩玩』而已。」

說出口了。

儘管聲音沙啞，而且還顫抖個不停……但我將自己的真心話全都告訴她了。

日葵……只是一臉茫然。

這也是理所當然。

因為我至今從來沒有否定過日葵所說的話。

她就像是難以接受自己描繪的理想與現實之間的差距似的，悄聲地脫口反問：

「…………咦？」

隨著這句話，她的淚水也自眼眶潰堤而出。

「悠宇？你為什麼要說這種話？」

「因為我不覺得日葵那樣講是對的。」

「你討厭我了嗎？」

「我最喜歡妳了。世界上最喜歡。」

「那……」

我再次打斷她的話。

「正因為喜歡妳，我才不想看到那樣的日葵。」

「……唔！」

美少女就連眼淚都這麼美啊。我不禁想著這種蠢事。

這也讓我實際體認到自己已經來到無法回頭的地方。

正因為如此，也只能繼續向前邁進。

不只是我，也要帶著日葵一起。

——我是這樣想的。

「……一直以來，還不是因為有我才勉強做得起來。」

「咦……？」

日葵說出口的話語超乎我的預期。

她狠狠地瞪了我一眼，當場就此站起身來。在她的手撐著桌子時，不經意間就把我做的蛋糕給壓垮。

「要是沒有我，悠宇還不是什麼都做不到！不管是國中那場校慶，還是至今的販售，要是沒有我，悠宇根本就無法作為創作者走到這一步吧！」

「悠宇不是欠了我一輩子也還不清的『人情』嗎！那為什麼不肯聽從我說的話呢？悠宇無論如何，都應該最優先考量到我才對吧！」

「四月我說要去東京的時候，也是悠宇留住我的吧！要是沒有悠宇，我現在說不定已經成就了更厲害的事蹟！但我全都捨棄了耶！我的人生全都獻給悠宇了，為什麼悠宇不給我呢？這樣也太不公平了吧！」

「……像悠宇這樣自己一個人什麼都做不成，偏偏只會出一張嘴的愛花笨蛋，不如就那樣一輩子乾枯還比較好！」

日葵把她所有的想法全都吼出來之後，不斷喘著大氣。

而我只是茫然地注視著她這副模樣。

「…………」

這讓我知道自己到底有多天真。

是個到了關鍵時刻還是擺脫不了把所有事情都交給別人的壞習慣，又缺乏歷練的人。

在內心深處以為「應該總是有辦法順利解決」、「日葵想必會體諒我」。

……我知道。

這想必不全是她的真心話。

日葵也感到很混亂，對於第一次遇上的狀況而困惑，我知道她是因為這樣才會無心地說出這些話。

這三年來，我一直看著日葵。

我自認是世界上最了解日葵的人。

即使如此，這些話還是足以應聲折斷我人生中的寶物。

這樣啊……

到頭來，我們——其實打從一開始，關係就不平衡到甚至無法一起追逐夢想啊。

一想到這裡，我也不禁脫口說出喪氣話。

「……也是呢。要不是有日葵，我就是個什麼都辦不到的傢伙。這樣的人竟然還得意忘形地說教，真的笑死人。多虧妳這番話讓我清醒了。也讓我清楚了解到自己原本的模樣。」

聽我這麼說，日葵「啊！」輕呼一聲。

然後像是回過神來一樣，連忙想收回這番話。

「悠、悠宇。剛才我不是……」

「不，沒關係。日葵說得都對……仔細想想，也一直都是這樣。」

「像日葵這樣有才能的人，為了我這種凡人浪費人生也太奇怪了。比起我所說的想跟日葵並肩而行這種不可能的理想，妳的說法正確多了。」

「……所以我會還給妳。從妳身上得到的一切，以及妳失去的一切，我全都會還給妳。我會用上自己的人生全部還清。」

「我不知道要花上幾年的時間，也不知道該用怎樣的方法才好。但我絕對會還清。所以，在那之前就隨妳高興地活下去吧。已經不用管我也沒關係了。妳就把那份『溫柔』用在別人身上吧。」

我非常喜歡那雙漂亮的藏青色眼睛。

即使對於能倒映在那雙眼睛當中的「特等席」還感到有些依依不捨……

「還清之後——我們就回到陌生人的關係吧。」

……我捨棄了。

我的決定將重要的回憶連同那個小小世界一起燒毀了。

這是為了前進。

為了不要犯錯。

我拚命告訴自己這是必要的事情。

再怎麼回首，那個小小世界都已經不復存在。

這並不是失去。

只是讓一切回歸自然而已。

如同春天會有百花綻放。
如同夏天會有茂密的綠葉。
如同秋天會褪色。
如同冬天會讓一切枯萎。

因為這才是我們本來的關係。

Epilogue——深邃森林

◇
◇
◇

「還清之後——我們就回到陌生人的關係吧。」

我並沒有天真到聽不懂這句話的意思。

以悠宇這樣的木頭人來說，這句分手的話講得還真是瀟灑。

世界上最重要的東西漸漸離開的失落感，緊緊地從背後將我一把抱住。

感覺就像佇立在深邃的森林裡一樣。

視線被遮蔽。

也不知道前進的方向。

只能無力地等待救援的不安。

「既然是戀人，我就是你的第一吧？」

怎麼可能。

如果我們是只以戀愛為優先就能活下去的人，悠宇跟我打從一開始就不會有所交集。

也就是說，我又錯了。

太過欣喜地沉浸在第一次真正的戀愛中，讓我以為可以得到一切。

但這個世界本來就不是為了我而準備的……

我再次體認到一直以來都知道的事情。

唉，真的。

……戀愛這種東西就是禍害。

後記

笹×新是《男女友情》中唯一的療癒。拜託掀起熱潮吧……

欺負大叔時最開心了。

七菜已經發現了這件事。

而且無法對這樣的心情撒謊。

就算會背叛世界，七菜也要貫徹自己「最喜歡」的事情！

下集開始，書名將改成《我的高中同學反應太過冷淡到底該怎麼辦？》出版。講述社會人士清純戀愛的獨特作品……也不算吧。最近有很多作品的主角都是社會人士呢。那就沒問題了！

好，以上都是騙人的！

抱持期待的各位，對不起喔！

就是這樣，我是七菜。

後記要是就這樣結束應該會被揍吧……

敬請各位讀者也期待一下描寫冬天故事的第三季。日葵的命運究竟會如何呢？開始動搖的凜音的心又要何去何從？七菜也還沒放棄加入大量新女角的（而且有點色色的）後宮結局喔！

最後要來宣布一項重大消息……

多虧各位讀者的支持，《男女友情》決定改編成動畫。

七菜也會參與製作過程。敬請期待後續消息！

★☆　特別感謝　★☆

負責插畫的Parum老師、責任編輯K大人跟I大人、製作相關的各位、提攜本書販售的各位，以及參與各項企畫的各位，這集也非常感謝大家的幫忙。下集還請多多指教。

還有各位讀者，也請繼續支持這個不會發展得那麼順利的戀愛與友情的故事。

２０２３年７月　七菜なな

下集預告

但在此時此刻——
我就是他在這世界上的「第一」。

初戀、摯友，以及——

男女之間存在純友情嗎？
不，不存在！
Flag 8.
預計近期發售！
七菜なな
插畫／Parum

國家圖書館出版品預行編目資料

男女之間存在純友情嗎?(不,不存在!). Flag 7, 不過,既然是戀人,我就是你的第一吧?/七菜なな作 ; 黛西譯. -- 初版. -- 臺北市 : 臺灣角川股份有限公司, 2024.04

面 ; 公分. -- (Kadokawa fantastic novels)

譯自 : 男女の友情は成立する?(いや、しないっ!!). Flag 7, でも、恋人なんだからアタシのことが1番だよね?

ISBN 978-626-378-764-3(平裝)

861.57 113001897

Kadokawa
Fantastic
Novels

男女之間存在純友情嗎？（不，不存在！）

Flag 7. 不過，既然是戀人，我就是你的第一吧？

（原著名：男女の友情は成立する？（いや、しないっ!!）Flag 7. でも、恋人なんだからアタシのことが1番だよね?）

2024年4月3日　初版第1刷發行

作　者：七菜なな
插　畫：Parum
譯　者：黛西

發 行 人：台灣角川股份有限公司
總　監：呂慧君
總 編 輯：蔡佩芬
主　編：林秀儒
副 主 編：楊鎮遠
設計指導：陳晞叡
美術設計：宋芳茹
印　務：李明修（主任）、張加恩（主任）、張凱棋

發 行 所：台灣角川股份有限公司
地　址：104台北市中山區松江路223號3樓
電　話：（02）2515-3000
傳　真：（02）2515-0033
網　址：www.kadokawa.com.tw
劃撥帳戶：台灣角川股份有限公司
劃撥帳號：19487412
法律顧問：有澤法律事務所
製　版：巨茂科技印刷有限公司
ＩＳＢＮ：978-626-378-764-3